CB039675

Five Nights at Freddy's

PAVORES DE FAZBEAR 6

PÁSSARO SOMBRIO

SCOTT CAWTHON
KELLY PARRA
ANDREA WAGGENER

Tradução de Jana Bianchi

A tradução do trecho de "O corvo", de Edgar Allan Poe, na página 14, é de Machado de Assis.

TÍTULO ORIGINAL
Blackbird

PREPARAÇÃO
Gabriela Peres
André Marinho

REVISÃO
Alice Cardoso

DIAGRAMAÇÃO
Julio Moreira | Equatorium Design

DESIGN DE CAPA
Betsy Peterschmidt

ARTE DE CAPA
LadyFiszi

VINHETA ESTÁTICA DE TV
© Klikk / Dreamstime

CIP-BRASIL. CATALOGAÇÃO NA PUBLICAÇÃO
SINDICATO NACIONAL DOS EDITORES DE LIVROS, RJ

C376p
Cawthon, Scott, 1978-
Pássaro sombrio / Scott Cawthon, Kelly Parra, Andrea Waggener ; tradução Jana Bianchi. - 1. ed. - Rio de Janeiro : Intrínseca, 2025.
256 p. ; 21 cm. (Five nights at Freddy's : pavores de fazbear ; 6)

Tradução de: Blackbird
Sequência de: A visita do coelho
ISBN 978-85-510-1351-9

1. Contos americanos. I. Parra, Kelly. II. Waggener, Andrea. III. Bianchi, Jana. IV. Título. V. Série.

24-95347 CDD: 813
CDU: 82-34(73)

Gabriela Faray Ferreira Lopes - Bibliotecária - CRB-7/6643

[2025]
Todos os direitos desta edição reservados à
Editora Intrínseca Ltda.
Av. das Américas, 500, bloco 12, sala 303
22640-904 – Barra da Tijuca
Rio de Janeiro – RJ
Tel./Fax: (21) 3206-7400

SUMÁRIO

Pássaro Sombrio 7
O Jake de verdade 89
Esconde-esconde 169

PÁSSARO SOMBRIO

— Precisa ser sangrento.

Nole estava sentado de frente para o encosto reto da cadeira, com uma perna de cada lado. Apesar do móvel barato de plástico e da atmosfera nada chique do ambiente, ele ainda parecia descolado e confiante.

Sam sempre se perguntava como Nole fazia fazer aquilo com tanta facilidade.

Sentindo-se um nerd, o que de fato era, Sam tentou acomodar as pernas compridas em outra cadeira de plástico.

— Terror não tem a ver com sangue — discordou. — Tem a ver com nível de tensão.

— Nível de tensão — repetiu Nole.

— É um termo técnico.

Nole assentiu.

— Eu devia estar cochilando quando Grimmly tocou no assunto.

— Acho mais provável que você estivesse secando a Darla Stewart.

— Você não está errado.

— E a gente continua empacado no enredo do filme.

Sam suspirou e se remexeu de novo na cadeira. Estava começando a sentir câibra nas pernas. E fome. Tinha quase certeza de que os dois eram os únicos da sala que ainda não haviam formulado uma ideia.

Mesmo de costas para o resto dos estudantes, Sam ouvia o burburinho de oito duplas cochichando ao redor da sala de paredes cinzentas. Não havia muita coisa no cômodo que pudesse abafar as discussões acaloradas além de um amontoado de mesas dobráveis e cadeiras de plástico, um armário desmontável cheio de equipamentos de som e um telão. Pela porta aberta atrás de Nole, dava para ver a sala de projeção, que contava com cenários para filmagem, tela de chroma key e várias prateleiras entulhadas com mais apetrechos audiovisuais. Era quase impossível discernir os cochichos cautelosos dos alunos da disciplina, que conversavam aos sussurros por medo de terem suas ideias geniais roubadas. De vez em quando, porém, alguém se empolgava, e Sam entendia uma palavra ou outra: *assassino em série, zumbi, vampiro, demônio.* Os termos ajudaram a aliviar a pressão que sentia. Se aquelas eram as ideias das outras duplas, talvez ele e Nole ainda tivessem uma chance. Mal haviam começado o trabalho, mas pelo menos não cairiam no clichê.

— Vai me dizer que ela não tem uma bela bunda? — perguntou Nole.

Sam esticou seu quase um metro de perna e encarou os pés imensos. O tamanho das pernas e dos pés não condizia com seu um metro e noventa e cinco de altura. De acordo com um gráfico que o médico lhe mostrara, as pernas dele deveriam medir no máximo oitenta e sete centímetros. Um adicional de cerca de oito centímetros podia não parecer muita coisa, mas pelo jeito era suficiente para fazer Sam lembrar uma cegonha, uma garça ou um flamingo (na infância, crianças maldosas o tinham chamado das três coisas). E esses centímetros a mais também serviam para que estivesse sempre propenso a demonstrações de falta de coordenação motora, o que o impedia de usar a altura para algo útil — como jogar basquete, por exemplo. Até onde Sam sabia, suas pernas só atrapalhavam.

— Terra chamando Sam.

— Oi?

— Parece que a gente está ficando para trás, cara.

Nole apontou para a sala.

Ao se virar, Sam viu quatro duplas deixando o recinto. Duas outras se aprontavam para ir embora. Só duas ainda debatiam algo. Que maravilha.

Na verdade, até que era bom: Sam pensava melhor em silêncio. Consultou o relógio. A sala ficaria aberta por mais meia hora. Os dois tinham trinta minutos para pensar em alguma coisa.

— Por que você não levanta de uma vez? — Nole esticou a perna e chutou a lateral da cadeira de Sam. — Está se remexendo tanto que parece meu sobrinho quando quer fazer xixi.

— Não consigo achar uma posição confortável.

— Sossega aí, sangue bom.

— Lá vem você outra vez com essa história de sangue...

Nole sorriu.

— Sangue é essencial.

— Sério, a gente precisa pensar mais.

— Ei! — A postura tranquila de Nole sumiu. Ele olhou para as duplas restantes. — Sério, cara, levanta e vem cá.

Em seguida, saiu da própria cadeira com uma elegância invejável e foi até a parede logo atrás. Deslizou as costas pela superfície e assumiu uma posição contemplativa ao se sentar no chão e cruzar as pernas de tamanho perfeitamente proporcional a seu um metro e oitenta e cinco de altura. Ao notar a hesitação do amigo, gesticulou de novo.

Sam enfim se levantou da cadeirinha minúscula e, desajeitado, se sentou com o corpo magrelo no chão diante de Nole. Tinha que dar o braço a torcer: suas pernas ficavam muito mais felizes naquela posição.

Nole se inclinou para a frente.

— Você se lembra da Pizzaria Freddy Fazbear's? — falou ele, baixinho.

Seu hálito cheirava a alcaçuz. Sam se afastou um pouco.

— Claro. Por quê?

Nole continuou num cochicho tão baixo que Sam até teve dificuldade de ouvir. Tudo que escutou foi *animatrônicos sinistrões* — e foi suficiente.

— Ah, sei!

Sam sentiu um calafrio correr pelos braços. Por sorte, estava com uma blusa de manga comprida, então não daria para ver como a menção aos animatrônicos o afetara.

— Verdade, eles eram sinistrões mesmo.

— Falar em pizza me deu uma ideia — contou Nole.

— Qual?

Nole tornou a analisar os outros alunos, e Sam fez o mesmo. Havia apenas uma dupla restante: a famigerada Darla, com sua bela bunda, e a amiga Amber, que na verdade era a mais gente boa das duas. Estavam bem pertinho uma da outra no que parecia ser uma discussão sussurrada. Não prestavam a mínima atenção neles.

— Minha ideia é escrever uma trama de terror que envolva um animatrônico sinistro e único, criado por nós dois — sussurrou Nole.

Nervoso só de pensar nos animatrônicos da Pizzaria Freddy Fazbear's, restou a Sam concordar que a ideia era excelente.

— Curti!

— Maravilha!

Nole estendeu a mão fechada, e eles comemoraram com um soquinho.

— Então, o que daria um bom personagem? — perguntou Nole.

— Eu é que vou saber?

— Você que é o gênio aqui, ué.

Sam não era gênio coisa nenhuma, apenas tirava boas notas. Algumas pessoas desleixadas com os estudos, como Nole, confundiam as duas coisas.

Ele se apoiou de novo na parede e voltou a encarar os pés. Um bom animatrônico. Um bom animatrônico. Um bom animatrônico... Sam observou as próprias pernas. Cegonha, garça, flamingo.

— Que tal uma ave? Não uma galinha, claro. Alguma mais intimidadora.

— Não é uma má ideia. Que tal um ganso?

— Um ganso? — repetiu Sam, depois caiu na gargalhada.

— Aff, não tem graça. Fui atacado por um ganso quando era pequeno. Ainda tenho as cicatrizes.

— Sério?

Nole puxou a barra da calça jeans desbotada, apontando para a cicatriz esbranquiçada logo abaixo do joelho esquerdo.

— O bicho mordeu você?

— Na real, não. Só correu atrás de mim enquanto eu andava de bicicleta. Aí eu caí e machuquei o joelho.

Sam riu de novo. Nole baixou a perna da calça.

— Foi mal — disse Sam. — Dá para ver que você ficou traumatizado.

Nole encarou o vazio, um tanto distraído.

— Você nem imagina. Para ser sincero, acho até que preciso de terapia.

— Não sei se quero fazer um filme de terror sobre um ganso animatrônico — confessou Sam.

— Beleza, precisamos de algo que aumente o nível de tensão. Qual pássaro tem mais cara de maligno?

— Parabéns, atrasadinhos. Vocês são os últimos — brincou Amber, do outro lado da sala.

— O melhor sempre fica para o final — provocou Nole, erguendo as mãos unidas acima da cabeça em sinal de vitória.

Ela riu.

— Você é tão idiota.

Darla ficou em silêncio. Em seguida, as duas saíram da sala, conversando sobre a tarefa de poesia da disciplina de literatura.

— Ela está a fim de você — comentou Sam.

— Como assim? Ela acabou de me chamar de idiota.

— Então ela está a fim de você *e* te conhece muito bem.

Nole chutou o pé de Sam, que retomou o dilema da dupla.

— Ah, já sei! — Ele endireitou as costas e, num tom solene e sombrio, começou: — "Em certo dia, à hora, à hora da meia--noite que apavora..."

— Hã?

— Ah, qual é?! Você não é tão idiota assim.

— Talvez eu seja.

— "E o corvo disse..." — continuou Sam.

— O quê? Ah, calma... Eu conheço isso... É o poema famoso daquele cara sinistro. Poe. Ah. Um corvo.

— Isso. Mas não exatamente. Um corvo seria clichê, claro. Mesma coisa com uma gralha-preta, então pensei num melro--preto. Eles também passam essa atmosfera sinistra, mas são aves canoras um pouco menores. E tem um montão delas por aqui.

— Como você sabe dessas coisas, hein?

— Eu sou um gênio, esqueceu?

— Esqueci mesmo, porque sou idiota.

Os dois riram.

— Certo, um melro-preto assustador — disse Nole. — E o que mais?

— Já foi encarado por um? — indagou Sam. — Tipo, *pra valer*?

— Tinha um no pátio externo outro dia. Eu estava pensando em faltar à aula de psicologia, só que aí vi aquele pássaro me olhando e me senti tão culpado que fui para a sala.

Sam estalou os dedos.

— A situação é meio ridícula, mas gostei de uma coisa que você falou.

— O quê?

— A parte da culpa.

— Eu sou o idiota da dupla, esqueceu? Vai ter que explicar melhor.

— Que tal "Pássaro Sombrio" para o nosso animatrônico? — começou Sam, sinalizando o nome com aspas no ar. — Ele é um melro-preto que vai fazer as pessoas confessarem seus maiores segredos e depois fazê-las pagar pelos seus pecados. Ele não vai facilitar, não vai dar paz. A gente podia escrever uma história em que o pássaro caça algum coitadinho até a morte.

— Vai ter sangue? — perguntou Nole.

— Você é péssimo. — Sam mordiscou o lábio. — Na real, um pouco de sangue até que não seria má ideia.

— "Se nos picais, não sangramos?"

— Uau! — falou Sam. — Citando Shakespeare? Talvez essa sua coisa de parecer idiota seja só encenação.

— Você nunca vai saber.

— O Pássaro Sombrio vai te forçar a falar — rebateu Sam, dando uma risada maléfica.

Sam e Nole fecharam o enredo do filme bem a tempo da aula seguinte. Apesar de ser alto demais para o papel, Sam achou que seria divertido interpretar o Pássaro Sombrio. Nole, que não estava nem um pouco a fim de se fantasiar, argumentou que o tamanho de Sam tornaria o personagem ainda mais assustador. Assim, restou a Nole o papel de coitadinho perseguido e cheio de culpa.

— De ser patético eu entendo — disse Nole, orgulhoso, enquanto dividiam uma pizza mais tarde naquele dia.

— Isso é verdade — concordou Sam.

Os dois tinham devorado metade da pizza de pepperoni com pimenta jalapeño quando Amber entrou no restaurante de parede de tijolinhos e os avistou de longe.

— Tem lugar para mais uma?

Ela apontou o banco de vinil preto, e Nole chegou um pouquinho para o lado.

— Até tem. Mas nem pense em tocar na pizza.

— Não quero essa pizza fedorenta — retrucou Amber.

Sam sorriu enquanto a garota chamava a garçonete e pedia um refrigerante.

— E aí, sobre o que é o filme de vocês? — perguntou ela.

— Por que quer saber, hein? — questionou Nole, estreitando os olhos, desconfiado.

Amber deu uma risadinha.

— Até parece que eu ia copiar. Estava só puxando assunto.

— Sobre o que é o de vocês? — indagou Nole.

— Tricô.

Pelo sorriso, ela estava bem satisfeita com seu projeto.

— Sério? — perguntou Nole.

— Seríssimo.

— Vai ter sangue? — quis saber Nole.

Sam riu e balançou a cabeça.

— Bastante — assegurou Amber.

Nole apontou para Sam.

— Viu? Precisa ter sangue.

Sam o ignorou.

A pizzaria estava lotada e barulhenta. Em meio ao cheiro de pepperoni apimentado, presunto e molho de tomate, o espaço apertado retumbava com a batida de um rock clássico vinda dos alto-falantes no teto. Sam acenou para alguns amigos, depois percebeu que Amber não tirava os olhos de Nole.

Ele não sabia por que o amigo não chamava a garota para sair de uma vez. Ela era uma graça. E não fazia o tipo de Sam — as únicas garotas com quem ele tinha se relacionado eram mais altas e mais sérias do que Amber.

Nole, por sua vez, gostava de garotas com senso de humor. E elas pareciam gostar dos olhos azuis, do corpo atlético e do cabelo loiro bagunçado dele.

Amber, também loira, de olhos azuis e em ótima forma, ficava linda ao lado de Nole. Até se vestia como ele, com calça jeans desbotada, camisa branca e, quando o clima permitia, jaqueta de couro.

Sam hesitou quando Amber se debruçou sobre a mesa, soprando na cara dele o papel que embrulhava o canudinho.

— Nole comentou que o filme de vocês é sobre um pássaro. Acho que é mentira.

Ele sorriu.

— Pior que é verdade.

— É algo tipo *Os pássaros*, do Hitchcock?

Nole soltou uma risadinha debochada, agitando a mão que segurava uma fatia de pizza.

— A gente não é tão derivativo assim.

— Uau! Que palavra chique! — comentou Amber.

Sam riu. Na verdade, a ideia era *sim* bem derivativa, não? Estavam pegando carona nos animatrônicos da Pizzaria Freddy Fazbear's.

Os pelos da nuca dele se arrepiaram. Por que aquilo acontecia toda vez que pensava no lugar?

Sam pegou a carteira e deixou algumas notas na mesa.

— Preciso ir e começar logo.

— Começar o quê? — perguntou Amber.

— Não te interessa — brincou Nole.

Amber deu um soquinho no braço dele.

Ah, o amor, pensou Sam.

Muitos colegas de Sam o achavam patético por ainda morar com a família, mas ele adorava. Para começo de conversa, ele se dava muito bem com os pais, que eram divertidos e o apoiavam em tudo. Além disso, tinha mais privacidade lá do que teria numa república ou no alojamento da faculdade. Os pais haviam transformado o porão num apartamento completo com uma pequena cozinha, banheiro, quarto e um estúdio para os projetos audiovisuais de Sam. Além disso, ele gostava de ficar longe do campus depois das aulas. Havia um limite para o burburinho constante, para a ânsia acadêmica e social, para o ritmo frenético. E festas não eram muito a praia dele; trabalhar em seus projetos era mais divertido do que beber e agir feito tonto.

A casa ficava a pouco mais de três quilômetros da faculdade, uma distância tranquila de percorrer a pé — o que era ótimo, já que ele não tinha carro. Além disso, gostava de caminhar. O trajeto margeava os trilhos de trem que se estendiam pelo topo de um declive íngreme e arborizado, uma descida voltada para uma fenda rochosa e um aqueduto, que separavam as propriedades agrícolas do campus. Sam gostava de fingir que era um andarilho das antigas, alguém que perambulava sem rumo, prestes a saltar num trem que o levaria a aventuras distantes. Tinha até começado a trabalhar num roteiro ambientado em meados do século XX sobre pessoas que pegavam carona em trens. Sabia que era um estilo de vida puxado, mas o aspecto romântico o atraía, talvez porque nunca tivesse se encaixado na vida considerada convencional.

E, claro, o projeto que estavam prestes a começar não ajudaria muito.

Três dias depois de terem decidido qual seria o enredo do filme de terror, Sam havia se acomodado na cadeira sob medida que a mãe lhe dera de presente, diante da imensa bancada de trabalho instalada no porão. Pilhas e mais pilhas de longas penas pretas cobriam a superfície de madeira clara. Por sorte, o pai de Sam era um comerciante agraciado com o dom de encontrar itens raros, de modo que arranjava qualquer coisa que o filho precisasse para seus projetos. Naquele dia, tinha aparecido na garagem cheio de caixas repletas de penas, depois ajudou o filho a carregá-las até o porão.

Antes de ir embora, brincou:

— Por acaso o personagem é uma alma *penada*?

— Muito engraçado, pai — respondeu Sam enquanto o homem subia as escadas.

Sorriu ao ouvir a risadinha do pai e começou a tirar as penas das caixas.

A ideia de Sam para a fantasia de Pássaro Sombrio era costurar longas penas pretas num tecido de redinha preto que depois seria preso a um collant bem justo, compondo assim um macacão emplumado. Levaria horas para posicionar, prender e costurar as penas, então Sam colocou uma playlist de jazz e blues e botou a mão na massa.

Perto das onze e meia da noite, tomou um susto quando o celular tocou. Era Nole.

— Amber me chamou para sair.

— Que bom.

— Não era para ter sido o contrário?

— Já ouviu falar da abolição dos papéis de gênero? — questionou Sam.

— Uma vez ou outra. Mas venho de uma família machista, ainda estou aprendendo.

— E o que você respondeu?

Sam espetou o dedo numa agulha pela centésima vez e fez uma careta.

— Eu topei — disse ele. — Não consegui pensar rápido o bastante para dar outra resposta. Além do mais, decidi que ela tem uma bunda tão bonita quanto a da Darla.

— Isso é importante.

— Como anda a confecção da fantasia?

— Bem, acho. Devo terminar até amanhã à tarde, e aí a gente pode organizar o set.

— Que tragédia... — reclamou Nole.

— O quê? O set?

— Não, ter que começar logo amanhã. É sábado, esqueceu? Sábado é dia de se divertir.

— Mas era o único horário disponível no estúdio de gravação — lembrou Sam.

— Que tristeza...

Sam o ignorou, encerrou a ligação e voltou a costurar as penas.

Algumas horas mais tarde, deu os toques finais na fantasia, prendendo à parte que seria a cabeça dois olhos amarelos e pretos brilhantes e um bico pontudo laranja. Mesmo exausto, Sam vestiu o traje e parou diante do espelho de corpo inteiro atrás da porta do banheiro.

Quase deu um berro quando se viu... porque nem *parecia* a mesma pessoa. Era uma criatura tão diferente que ele ficou tentado a arrancar a fantasia só para rever a si mesmo. Sentia que havia sido absorvido pela própria criação, transformado por ela. Não conseguia ver nada de si. Tudo o que via era um melro-preto de tamanho monstruoso. A fantasia estava exatamente como ele imaginara — as proporções exageradas quase o faziam parecer um animador de festas infantis, mas os olhos esbugalhados e mórbidos, além das penas escuras como a noite, eram profundamente perturbadores. Ele não tinha a menor dúvida de que Floyd, o coitado do protagonista do filme, se arrependeria amargamente de seus segredos mais obscuros quando ficasse cara a cara com o Pássaro Sombrio.

Graças à imensa quantidade de penas que o pai lhe arranjara, Sam tinha conseguido imitar bem o corpo volumoso do melro--preto. A curva da barriga chegava mais ou menos à altura dos joelhos, de modo que as pernas de pássaro começavam na canela e mantinham uma proporção realista. A mãe de Sam tinha ajudado com as patas. Ela amava artesanato e encontrara para ele sapatilhas náuticas e uma legging preta tamanho extragrande com estampa de escamas. Também havia ensinado Sam a moldar os dedos da ave em borracha preta, com fendas profundas, onde foram inseridas as garras que ambos esculpiram em epóxi. Ele prendeu os pés do pássaro às sapatilhas náuticas, fazendo com que tudo parecesse uma coisa só.

À primeira vista, Sam era um perfeito melro-preto gigantesco. E mais do que assustador. Para arrematar, só precisavam de um pouco de sangue.

Sam riu. Talvez com isso Nole parasse de reclamar.

Nole e Sam se encontraram na tarde de sábado para organizar o set de filmagem. Nole preferiria estar jogando vôlei com os colegas de faculdade, mas, apesar do jeito descontraído, gostava bastante da matéria de cinema. Além disso, estava animado com o filme.

Assim que Nole chegou ao estúdio, Sam já foi logo mostrando uma foto do traje de Pássaro Sombrio. De imediato, Nole agradeceu mentalmente por Sam não estar olhando para ele. Tinha quase certeza de que havia ficado pálido — ao menos, a sensação era essa. De repente, se sentira paralisado, fraco, trêmulo. O que era aquilo?

Sam se virou para perguntar a opinião do amigo, e Nole se agachou e fingiu estar amarrando o cadarço.

— Arrasou! Mandou muito bem, cara.

— Sério? Valeu. Fiquei todo arrepiado quando me olhei no espelho — contou Sam.

Nole se levantou, quase certo de que a cor havia retornado ao rosto.

Deixou que Sam fosse o único a admitir que tinha se assustado, já que o amigo não tinha a menor ideia de como parecer descolado, afinal. Era sincero demais, aberto demais e autêntico demais para chegar sequer perto disso.

— Bom, nosso cenário é um quarto, certo?

Sam estava parado no meio do set.

— Pesadelos. Terrores noturnos. Suadouros. Autodefesa paranoica. Ligações em pânico. É, acho que é o essencial num filme com apenas um cenário. — Nole fingiu estar falando num megafone. — Chega mais, pessoal! Temos um altíssimo nível de tensão aqui. Quem vai querer? É pegar ou largar.

Sam gargalhou.

Nole abriu um sorriso.

O amigo não era feio quando ria, pensou Nole. O problema era que sempre estava sério demais. Com feições fortes, uma boca grande e um maxilar bem marcado, Sam parecia sempre durão e bravo, mesmo quando não estava. Era como se tivesse uma carranca esculpida em seu rosto. Inclusive, quando eles se conheceram, no ano anterior, Nole chegara a perguntar se Sam por acaso era um daqueles totens dos povos indígenas dos Estados Unidos. O cara parecia um poste de *tão* alto, e usava muito preto, vermelho e marrom.

— Perdeu alguma coisa aqui? — questionou Sam, apontando para o próprio rosto.

— Só se for sua cara feia.

Nole deu um soquinho no amigo para mostrar que estava brincando.

— Vamos, cara. — Sam jogou uma chave de fenda para ele. — Vamos botar a mão na massa.

Pelas duas horas seguintes, montaram móveis, penduraram quadros, arrumaram a cama e discutiram sobre qual item pessoal ou de decoração ficaria em determinado lugar e por quê. Sam parecia ter uma opinião particularmente forte a respeito de meias usadas.

— O filme é sobre estar disposto a lavar a roupa suja, e sobre as consequências de tal ato. As meias imundas deviam ter lugar de destaque na narrativa visual, não só ficarem jogadas de lado — argumentou Sam.

Nole ergueu as mãos.

— Beleza, eu me rendo.

Depois de mais meia hora, ele começou a ficar entediado.

— Fala aí, Sam, quais segredos obscuros o Pássaro Sombrio conseguiria arrancar de você?

O rapaz derrubou a pilha de revistas que tinha nas mãos.

Nole riu.

— Muita culpa para carregar?

Sam balançou a cabeça.

— Foi só coincidência — respondeu ele.

— Sei. — Nole o encarou. — Mas e aí?

— Não tenho segredos obscuros — declarou Sam.

O jeito afobado como recolhia as revistas fez Nole pensar que o amigo escondia algo.

— Qual é, cara?! Despeja tudo aí, vai! — Nole riu. — Quer dizer, os segredos, não as revistas.

Sam terminou de organizar o material, depois se empertigou e retribuiu o olhar.

— Não tenho nada para *despejar*. E você?

Sam é um nerd mesmo, pensou Nole. Não era o tipo de cara com quem ele geralmente andaria, mas pelo menos era um gênio quando o assunto era cinema. *Diga-me com quem andas e eu te direi quem és*, sempre falava seu avô. Para Nole, parecia sensato levar em consideração os conselhos do avô, visto que o homem era multimilionário.

— Beleza — cedeu ele, por fim. — Vou contar meu maior segredo.

Em seguida, se jogou na cama e entrelaçou as mãos atrás da cabeça.

— Ei, cuidado com os sapatos sujos — advertiu Sam. — Eu peguei essa colcha emprestada.

— Tá bom, *mãe*...

Nole tirou os tênis com o calcanhar. Sam apenas o ignorou e começou a pendurar cortinas na janela cenográfica.

— Então, não vou dizer que me orgulho disso — começou Nole.

Mas seria mesmo verdade? Se estava prestes a revelar seu segredo mais obscuro, então talvez se orgulhasse *um pouquinho* disso, não?

— Não sei por que alguém se orgulharia de um segredo obscuro — comentou Sam.

— Certo. Bom, que se dane: no fim do ensino fundamental, quando tinha uns doze, treze anos, acho... eu era um *daqueles* caras.

Sam o encarou por um bom tempo.

— Como assim? — perguntou.

— Eu fazia bullying — soltou Nole. — Uns bem pesados, inclusive.

— Dá um exemplo — pediu ele.

Qual era o problema com a voz de Sam? Parecia esquisita.

Nole fitou o teto, pensativo.

— Bom, você sabe... O de sempre. Basicamente, eu dava apelidos para todo mundo.

Sam se apoiou na parede, sem tirar os olhos dele.

— Ainda não saquei.

Nole se sentou na cama.

— Certo, então, tinha uma menina gorda toda esquisita na minha sala. Ela fazia coisas bizarras, tipo não olhar ninguém nos olhos, ficar entrelaçando as mãos... Também tinha dificuldade de conversar. Não gaguejava, mas era como se não soubesse muito o que dizer. Enfim, era esquisitona. Fazia umas caras engraçadas e usava as roupas mais ridículas que já vi. Quer dizer, parecia tudo comprado em brechó, cafona. As peças nunca combinavam, sabe? Então comecei a chamar a garota de Segunda Mão, SM para os íntimos, e fazia um som específico sempre que ela surgia no corredor. O apelido pegou, e logo estava todo mundo fazendo a mesma coisa. — Nole riu. — Foi uma doideira. Ah, e teve uma vez que ela foi para a escola usando uma calça pescador. Parecia uma palhaça. Aí eu e meus amigos jogamos lama nos pés dela. — Outra risada. — E ela também usava óculos fundo de garrafa, estava sempre estreitando os olhos para enxergar. Então coloquei uma cobra morta no armário dela e perguntei se ela tinha brincado muito de *cobra-cega*.

Nole gargalhou. Às vezes, se acabava de rir com as próprias piadas.

Olhou para Sam, que não parecia estar achando a menor graça. Ele pegou a cadeira que tinham colocado diante da escrivaninha no quarto de Floyd.

— Então você acha mesmo esse tipo de coisa engraçada? — perguntou.

— Ah, acho — respondeu Nole. — Você não? Pelo menos eram piadinhas inteligentes, né? Tipo uma outra vez em que juntei um balde cheio de carrapichos... Demorou um tempão, não é tão fácil de encontrar. Mas enfim, o nome da menina era Kara Pisch. Nunca esqueço por conta de como soa. Enfim, ela tinha um cabelão comprido e ensebado que nunca lavava direito. Aí achei que seria legal juntar carrapichos para a Kara Pisch. Kara Pisch, Carra Picho... Sacou? Na verdade, foi um teste: eu queria saber se os carrapichos iam grudar no cabelo seboso dela. Precisava ter alguém para comparar, claro, então, quando joguei os carrapichos na Kara, também joguei uns na Valerie, amiga dela. A Valerie tinha um cabelo cacheado limpo *até demais*. E, como imaginei, os carrapichos grudaram melhor no cabelo da Valerie do que no da Kara. Nunca vou me esquecer das duas na frente da escola como macaquinhos catando piolho um do outro, tentando tirar os negocinhos do cabelo. Aquilo sim foi engraçado.

Ele gargalhou, mas Sam apenas balançou a cabeça.

— Não achei nada engraçado — respondeu.

Nole ergueu a sobrancelha, mas não parou de rir.

— Sério? Imagina... Elas parecendo dois macaquinhos... — falou, fingindo estar catando piolho em outra pessoa.

Sam fechou a cara, ficou de pé e começou a andar de um lado para o outro no quarto cenográfico.

Nole se deitou de novo na cama. Tirou um travesseiro de baixo da colcha e o afofou.

— Eu acabei de ajeitar a cama — reclamou Sam.

— Relaxa, vou arrumar quando levantar.

Sam continuou zanzando pelo cômodo cenográfico. De repente, se deteve.

— Não sei se você percebeu, mas tenho uma aparência pouco convencional.

Nole inclinou a cabeça.

— Olha, você é alto, assim como vários dos meus colegas da fraternidade.

— Mas eles são malhados — argumentou Sam. — Eu sou só alto.

— Saquei.

— E quando eu estava no fundamental, já era alto demais para minha idade, e minhas pernas pareciam mais longas ainda porque eu era todo magrelo. Adivinha o que acontecia comigo...

Nole imaginou que Sam devia ter sido muito zoado na escola, mas decidiu esperar que ele contasse a própria história. Por mais que às vezes fosse idiota, Nole não era burro.

— Eu fui zoado basicamente do primeiro dia do fundamental até entrar no ensino médio. Foi... Bem, foi quando isso parou. Mas posso dizer que essas piadas que você acha *tão* engraçadas não são nada legais para quem é vítima delas.

Sam cruzou os braços e o encarou.

Nole começou a rir.

— Cara, olha você aí parecendo um poste. Ou melhor, uma daquelas estátuas de madeira.

Ele se sentou, cruzou os braços e soltou uma piadinha. Depois, afundou de novo na cama, rindo.

Sam balançou a cabeça e se virou.

— Isso é bem ofensivo, só para você saber. Enfim, vamos terminar o que a gente tem que fazer, pode ser?

Nole ficou de pé e, ainda sorrindo, arrumou a cama. Não tão bem quanto Sam, mas quem disse que Floyd precisava ser obcecado por arrumação, afinal?

— Tudo bem aí, cara? — questionou Nole, ao ver o colega ainda de costas para ele.

— Sim, sim. — Sam se virou e analisou o quarto cenográfico, desviando o olhar. — Acho que já deu. Que tal a gente encerrar por hoje? Aí amanhã trago a fantasia e começamos a gravar.

— Não quer repassar as falas agora?

— Só você tem falas. E não comentou que já sabia tudo de cor?

— Sim, sei mesmo.

— Então pronto.

Sam se aproximou da cama, notando como Nole a havia arrumado de qualquer jeito, e ajeitou a colcha.

— Beleza, Uga Uga — respondeu Nole, com uma risadinha.

Sam o olhou de cara feia.

— Até amanhã — soltou, e saiu do estúdio de gravação a passos largos.

— Acho que pisei no calo daquele pezão — disse Nole para si mesmo.

Depois, caiu na gargalhada de novo.

Naquela noite, enquanto voltava do encontro com Amber, Nole caminhava sem pressa pelo corredor que levava a seu quarto no alojamento da fraternidade, balançando a cabeça no ritmo da música que fazia as paredes vibrarem. Os alto-falantes ficavam no térreo e o quarto dele era no segundo andar, mas os rapazes estavam fazendo uma farra das boas naquele dia. O lugar inteiro chacoalhava. O ar cheirava a cerveja, churrasco e roupa suja. Ele franziu o nariz. Não se incomodava com o barulho, mas o odor já era outra história.

Jamais gritaria aquilo aos quatro ventos, mas não tinha nascido para a vida na fraternidade. Só se candidatara porque o pai e o avô tinham sido membros, e era meio que esperado que ele também fosse. Era uma fraternidade de bacana, e Nole acreditava que valia qualquer coisa para ser descolado. Assim, não reclamava — em especial porque havia sido aceito logo na primeira seleção do ano, o que lhe rendera o melhor quarto privativo na mansão de três andares em estilo Tudor que abrigava a fraternidade.

A porta ao lado dele se abriu de repente, e um jovem musculoso de cara amassada e cabelo bagunçado surgiu no corredor, coçando a barriga exposta e estreitando os olhos para a claridade.

— Que horas são? — perguntou.

— Quase meia-noite — respondeu Nole. — Tudo bem, Ian?

O rapaz era jogador de futebol americano e levava o esporte bem a sério. Sempre dizia que o corpo dele era um templo e coisa do gênero, e gostava de andar por aí de samba-canção para mostrar como o tal templo era incrível. Nole o achava meio metido, mas a história de perambular de roupas íntimas era engraçada. O cara tinha dezenas de peças, de todas as cores e estampas. Apesar de branca, a cueca daquela noite tinha estampa de patinhos amarelos. Talvez justamente por isso, Nole se deu conta da pele cinzenta de Ian e das olheiras profundas. Alguém com samba-canção de patinhos não deveria parecer um doente terminal.

— Não tenho dormido muito bem. E agora tem isso.

Ian gesticulou na direção das paredes, que ainda ecoavam um batidão.

— Você não consegue dormir por causa da música?

— Não. E você?

— Eu consigo dormir em qualquer situação.

— Sério?

— Seríssimo. Durmo feito pedra.

— Que inveja. Tenho problema para dormir toda noite.

— Deve ser consciência pesada — sugeriu Nole.

Ian arregalou os olhos.

— Como assi...?

— Relaxa, é brincadeira.

Nole riu e deu um soquinho na rocha que Ian chamava de braço.

O rapaz respondeu com um sorrisinho fraco e cambaleou pelo corredor na direção do banheiro. Nole esfregou os nós dos dedos e seguiu para seu quarto no fim do corredor.

• • •

No dia seguinte, ao meio-dia, Nole voltou ao estúdio de gravação, mesmo sendo domingo — dia em que ele ficava assistindo a programas esportivos na TV ou jogando bola com os colegas de fraternidade. Achou que seria uma boa ideia ser pontual para se acertar com Sam. Por mais que o colega não tivesse dito muita coisa no dia anterior, era nítido que ficara chateado. Nole talvez tivesse forçado a barra. Sabia que, às vezes, ia longe demais.

Quando percebeu que Sam ainda não estava no estúdio, Nole se jogou na cama para esperar. Quarenta e cinco minutos depois, continuava lá. Fechou os olhos e provavelmente caiu no sono, porque quase se estabacou da cama quando Amber entrou com tudo no quarto cenográfico.

— Ficou sabendo?

— Hã? — Ele se sentou e esfregou o rosto. — Sabendo do quê? Que horas são?

— São duas e meia da tarde. Ficou sabendo sobre o Sam?

— O que aconteceu com ele?

Amber abraçou o próprio corpo.

— Estão dizendo que Sam foi atropelado por um trem.

Ela enxugou os olhos.

— O quê?!

— Parece que ele fez a fantasia para o filme de vocês, uma com penas pretas e tal. E aí acharam as penas jogadas nos trilhos, espalhadas por uns três quilômetros.

Nole pulou da cama.

— Ele está bem?

Amber balançou a cabeça.

— Aí é que está. Ninguém sabe. O Sam sumiu — contou ela.

— Tenho que ir.

Nole passou correndo por Amber, disparando pela porta do estúdio de filmagem.

Os trilhos acompanhavam os fundos do campus, passando atrás do refeitório, do centro recreativo e do complexo de piscinas. Ficavam a uns oitocentos metros do prédio do curso de cinema. Nole passou correndo por um grupo brincando de frisbee no pátio externo e pelos alunos que estudavam sob os imensos cedros do gramado, ignorando cumprimentos dirigidos a ele, concentrado em chegar à ferrovia.

Atropelado por um trem? Desaparecido? Não podia ser verdade. Nole sentiu o estômago embrulhar ao chegar aos trilhos e ver meia dúzia de viaturas e o dobro de policiais andando de um lado para o outro, com o olhar fixo no chão. Tentou se aproximar, abrindo espaço em meio à multidão relativamente pacata que observava a cena do crime, cercada por fita de isolamento zebrada e protegida por um policial robusto careca.

— Sou amigo do Sam. Ele já foi encontrado?

— *Quem* é você? — perguntou o policial.

— Amigo do Sam — repetiu ele. — Meu nome é Nole Markham.

Não via motivos para não informar o próprio nome. Não tinha feito nada errado... Certo?

— Você sabe o que pode ter acontecido? — questionou o policial.

— Só sei o que uma amiga me contou. Ela disse que, por causa das penas, vocês acham que o Sam foi atropelado e está desaparecido.

O policial o encarou de cima a baixo.

Tinha como o homem ser mais clichê? Barriga avantajada, cabeça brilhante envolta por uma faixa de cabelo preto, olhos escuros semicerrados na tentativa de intimidar, mãos enormes apoiadas na arma presa ao cinto — poderia muito bem ter saído de uma série de TV. A única diferença era que o policial em questão cheirava a gel de cabelo e colônia barata. Pelo menos os da TV não exalavam odor algum.

Nole ficou ali, retribuindo o olhar.

— Se não tem informações novas para dar, pode ficar ali com os outros — determinou o policial, ajeitando o cassetete.

Ele não se mexeu, só inclinou o corpo para a direita para enxergar além do homem. Mesmo dali, podia ver as penas pretas flutuando sobre os trilhos. O policial trocou de posição, e só então Nole avistou um casal alto parado entre uma das viaturas e um Suburban vermelho. Conversavam com um sujeito de paletó largo.

Ele mordeu o interior da bochecha para não soltar um grunhido. Eram os pais de Sam: Paul e Molly O'Neil. Conhecera os dois na festa que tinham dado para celebrar o fim do semestre anterior do curso de cinema. Eram muito gente boa. Ambos eram altos e tinham as feições escuras como a de Sam. A mãe não era *tão* alta quanto o filho, mas tinha quase o tamanho de Nole. Também era robusta. Se existisse uma divisão de mães na liga profissional de futebol americano, ela com certeza seria membro. "Senhora O'Neil é a minha sogra", dissera a mulher ao conhecer Nole. "Pode me chamar de Molly." Nole se lembrava de seu sorriso largo, assim como de sua risada contagiante.

Naquele momento, porém, ela não estava rindo. Apenas chorava, com a cabeça apoiada no ombro do marido. Nole cerrou os punhos, frustrado. Como poderia ajudar?

Molly ergueu os olhos e o viu ali.

— Nole? É você?

O policial ao lado dos pais de Sam gesticulou para o outro que parecia ter saído de um programa de TV, que enfim autorizou Nole a passar. O rapaz não conseguiu evitar um sorrisinho convencido ao avançar, mas o divertimento sumiu assim que viu o rosto pálido e angustiado de Molly.

Ela correu até Nole e o abraçou.

— Você ficou sabendo? Ai, Nole, ele sumiu, mas estão dizendo que provavelmente não sobreviveu a... — Sua voz embargou, e ela se virou para o marido.

Paul a envolveu com um dos braços e estendeu o outro para cumprimentar Nole com um aperto de mão.

Abraçando a esposa, disse:

— Pela forma como as penas da fantasia estão espalhadas, acham que ele deve ter sido pego de raspão pelo trem e arremessado para longe, mas ainda não o encontraram.

Nole estreitou os olhos e observou uma pena preta que farfalhava no chão, perto da ferrovia. Foi quando notou o sangue do outro lado dos trilhos. Não era muito, só uma mancha — mas bem grande. Um policial fotografava a cena.

Sangue, pensou Nole. "Precisa ter sangue", dizia ele para Sam o tempo todo.

Pelo restante da tarde, ficou por ali com os pais de Sam, que estavam muito abalados. A polícia já havia declarado que o rapaz estava oficialmente desaparecido, talvez morto. Vários grupos de busca foram organizados, e Nole até se juntou a um deles — sem sucesso.

Quando decidiu voltar para casa, Nole permitiu que Molly e Paul o abraçassem, mesmo a contragosto. Estar perto deles era como estar na presença de um megafone de emoções — o luto dos dois parecia amplificado pelas expressões faciais e lembranças de Sam. Transbordavam mais sofrimento do que Nole era capaz de suportar. Não aguentava mais ficar perto de Molly e dos policiais. Precisava ir embora dali.

No instante em que começou a se afastar dos trilhos, Nole se viu incapaz de parar. Não conseguia processar o que havia acontecido. Como Sam poderia estar morto?

Será que a culpa foi minha?

O quê? Por que estava pensando nisso? Não tinha feito nada.

Isso não é verdade, é?

Ele meio que tinha feito uma coisa. Agira como um babaca no dia anterior, deixando Sam chateado. O colega até havia tentado disfarçar, mas era nítido como estava irritado quando saiu do estúdio. E se, por estar aborrecido, ele tivesse se distraído andando perto dos trilhos?

Mas o acidente rolou hoje de manhã, não ontem à noite, disse Nole a si mesmo. Não era possível que Sam ainda estivesse chateado, certo?

Nem ele se convenceu disso. Por que tinha que ser tão babaca às vezes?

— Ei, Nole! É para lá!

Ao se virar, viu um dos amigos segurando uma bola de futebol americano, apontando para longe. Obediente, trotou na direção indicada e, depois de quase a deixar cair algumas vezes, pegou a bola lançada numa espiral meio desajeitada. Se preparou para arremessar de volta num lançamento perfeito, mas ao recuar o braço, seu olhar se deteve em um vulto escuro logo além das árvores. Nole largou a bola na metade do movimento, e ela voou toda torta antes de pousar a uns quinze metros do ponto planejado.

— Mandou mal, hein? — zombou o amigo de longe.

Nole o ignorou.

O que era aquilo que tinha visto?

Ele continuou a ignorar os comentários desagradáveis do colega sobre seus arremessos. Será que tinha mesmo visto aquilo? Ou era só imaginação?

Quando alcançou as árvores, ele ergueu o rosto para os galhos e depois olhou para a vegetação rasteira. Não havia nada de diferente. Devia ser só impressão. Todas aquelas penas pretas, a fantasia de Sam... A história estava mexendo com sua cabeça, só isso.

Pouco depois das seis da tarde, o estômago de Nole se contorceu para lembrar que ele não havia comido desde antes de ir para o estúdio de gravação. Precisava se alimentar.

Então foi até a lanchonete. Não havia muita coisa ali que poderia ser chamada de comida, mas àquela altura estava tão faminto que mandaria para dentro basicamente qualquer coisa.

Não havia tanta gente; o baixo movimento era comum aos domingos. Vários estudantes voltavam para casa no fim de semana, e outros comiam fora. Em geral, só sobravam os nerds.

— E aí?

Nole nem precisou se virar para identificar quem estava falando: Amber. Não sabia muito bem o que lhe dizer — parecia que a última conversa dos dois havia acontecido anos antes. Ela devia estar atrás de notícias sobre Sam.

Ele enfim se virou.

— Oi...

— Eu... Ah, nunca vejo você por aqui aos domingos.

Nole soltou um suspiro de alívio ao ouvir o leve sarcasmo que Amber dava a quase tudo que dizia... mesmo quando não era necessário. Ele não sabia se seria capaz de falar sobre Sam naquele momento.

— É porque eu nunca venho aqui aos domingos mesmo.

— Quer dizer que não está aqui agora?

— Exato.

Amber revirou os olhos.

— Então seu clone vai entrar na fila ou vai continuar parado aí, no meio do caminho?

Nole não conseguiu evitar um sorriso.

— Vai entrar na fila só para não atrapalhar você.

— Que gentil da parte dele.

— Ele é um cara bem gente boa, na verdade.

Nole recuou um passo e fez sinal para que Amber passasse na frente.

— Você devia ter umas aulinhas com ele — disse ela, dando uma piscadinha ao passar por Nole.

Ele seguiu logo atrás de Amber, pegando uma coisa aqui e outra ali. Não sabia muito bem o que colocar na bandeja. Já estava distraído pelo incidente com Sam, e ainda tentava entender o que tinha visto entre as árvores. Para piorar, a presença de Amber o desnorteava. Descobrira há pouco tempo que talvez estivesse gostando da garota, e o primeiro encontro deles acontecera na noite anterior. Apesar de ter curtido, o dia seguinte meio que tinha apagado qualquer outra coisa da mente de Nole. *Será que eu devia ter ligado para ela?*

— Eu teria gostado — comentou Amber.

— O quê?

— Você acabou de falar "Será que eu devia ter ligado para ela?".

— Falei, é?

— Falou.

Ela o espiou de canto de olho.

Isso só podia ser um sinal do estado mental prejudicado em que Nole se encontrava. Então, decidiu que talvez fosse melhor parar de pensar muito.

Encontrou dois lugares no mesão redondo coberto de migalhas, manchado de algo vermelho, e se sentou. Encarou aquela lambança. Com certeza não era sangue. Devia ser ketchup.

Por que estava pensando em sangue?

Deu uma olhada em Amber para ter certeza de que não tinha dito *aquilo* em voz alta. Pelo jeito, não. A garota parecia entretida com a tarefa de temperar a imensa salada com molho de gorgonzola.

Apenas um terço da lanchonete estava ocupada. As conversas se resumiam a murmúrios, e havia um burburinho constante de talheres batendo nos pratos. Além das janelas que se estendiam de parede a parede, dava para ver o pátio se esvaziando. O sol se punha atrás das árvores, entre as quais Nole acreditava ter visto…

Nada. Não vi nada, falou para si mesmo.

Em seguida, olhou para a bandeja. Piscou por um momento, confuso. Sem perceber, havia pegado chucrute, beterraba, purê de batata, três pães sem manteiga, dois pepinos em conserva e três tipos de torta.

— Você está grávido? — questionou a garota.

Amber também encarava a bandeja dele.

— Pelo jeito, estou.

Nole pegou a colher, se dando conta de que havia esquecido o garfo. Mergulhou o talher no purê de batata como se não tivesse nada de errado no mundo. Percebeu que o estabelecimento cheirava a picadinho de carne. Será que havia ignorado o prato principal?

Amber mastigou, depois pousou o garfo na mesa.

— Sinto muito por mais cedo.

Pela primeira vez, as palavras dela não continham sarcasmo.

— Por mais cedo?

— Quando te contei sobre o Sam. Eu não devia ter sido tão direta.

Na tentativa de empurrar para dentro o purê, Nole tomou um gole do que quer que houvesse no copo. Descobriu que era chá gelado, bebida que ele *odiava*.

— Tudo bem — respondeu.

Amber pousou a mão no braço dele.

— Não, não está tudo bem. Sinto muito mesmo. Não sabia que vocês eram tão próximos.

Nole a encarou. Será que a garota estava sendo sarcástica de novo? Não, a julgar pela testa franzida, estava de fato preocupada.

— A gente não era tão próximo assim... — começou Nole.

Depois se deu conta de que era, sim, muito próximo de Sam. Tinham começado como uma dupla improvável, forçados a trabalhar juntos. Nole era membro de uma fraternidade. Sam morava com os pais. Nole era descolado. Sam parecia se esforçar para *não* ser descolado — como evidenciavam o cabelo raspado, um corte quase militar, as camisas cuidadosamente passadas (graças a Molly) e a pasta de couro que carregava no lugar da mochila.

— Não? — perguntou Amber.

Nole balançou a cabeça.

— É, acho que a gente meio que se aproximou bastante mesmo. Ele é um cara estranho, mas é inteligente e engraçado. Bem gente boa.

— Igual a você — falou a garota.

Ele franziu a sobrancelha. Ficou de pé tão rápido que bateu o joelho na parte debaixo da mesa, fazendo todos os pratos chacoalharem nas bandejas. Parte do chá foi derramado.

— Tenho que ir.

Amber ergueu o rosto.

— É tipo um déjà-vu — comentou ela.

— Oi?

Amber o dispensou com um aceno.

— Me liga quando você estiver bem.

— Beleza.

Nole se afastou da mesa e deixou a bandeja no local de descarte. Por conta da comida desperdiçada, recebeu um olhar de julgamento das moças de touca de redinha do outro lado do balcão, mas nem ligou.

Só tinha que...

O que era aquilo?

Parou do lado de fora da lanchonete, espiando o corredor. Conferiu o outro lado também, depois se virou para olhar para trás. Esfregou os olhos e verificou de novo a área. Nada de diferente. Piso bege imundo, paredes de um amarelo-claro, cartazes lutando por espaço num quadro de avisos lotado que se estendia por todo o corredor, alguns estudantes entrando e saindo da lanchonete — *nada para ver aqui, pessoal.* Certo? Então por que Nole estava com a impressão de ter visto algo grande e escuro sumir além do fim do corredor?

E que barulho era aquele? Ele inclinou a cabeça e se pôs a ouvir. Parecia um farfalhar rítmico, um som sussurrado de... bem, de penas molhadas sendo arrastadas pelo chão.

Nole trotou para fora do complexo, parou, apoiou as mãos nos joelhos e inspirou generosas golfadas de ar fresco.

— Tudo bem aí, No?

Ele olhou para cima. Um de seus colegas de fraternidade, Steve, estava parado na base da escada, abraçado com uma garota ruiva muito bonita.

— Sim, tudo bem.

— Então, beleza...

Nole acenou com uma das mãos e o casal foi embora. Depois de alguns instantes, ele voltou para a mansão da fraternidade.

Estava sentado na cama, com as pernas esticadas e as mãos acomodadas sobre o colo. Girou a cabeça, ouvindo os estalos no pescoço, e respirou fundo várias vezes.

"Quando estiver tenso, relaxe a postura, solte os músculos e respire fundo", ensinara sua mãe quando ele era pequeno. "Diga a seu corpo como você se sente, e ele vai cooperar."

Em geral, isso ajudava bastante, mas daquela vez foi inútil — e não sem motivo.

A situação toda estava além de qualquer técnica de relaxamento. No caminho entre a lanchonete e o quarto, Nole havia notado quatro vezes que algo — não alguém, *algo* — o seguia. Quatro vezes!

Mas o que era aquela coisa?

Nole havia escutado aquele barulho esquisito quatro vezes, uma mistura de som de vento e farfalhar combinados com passos metodicamente espaçados. Por mais que tentasse se convencer de que era algum tipo de equipamento, um compressor de ar-condicionado ou ventilador de um dos prédios do campus, não conseguia. A verdade era que estava ouvindo o som de penas, muitas delas, roçando no chão, nas árvores e nas construções.

Talvez fosse mais fácil acreditar nas próprias mentiras sobre aquele som se não fosse pelo aglomerado imenso de penas que flutuava além do limite de sua visão periférica. Quatro vezes, vira aquele vulto sinistro se esgueirando entre árvores e prédios.

Bem, dizer que tinha *visto* era exagero. Na verdade, não sabia muito bem o que seus olhos haviam lhe mostrado. A palavra *ver* implica enxergar algo diretamente, o que não era o caso. Ele tivera apenas a *impressão* de ver alguma coisa. Quanto mais revirava aquela ideia, porém, mais convencido ficava de que *de fato* vira algo. Uma coisa que brincava com seus sentidos, logo depois do ponto em que ainda enxergava com nitidez. Algo gigante, preto e cheio de penas.

E lá estava a tal coisa de novo.

Um vulto grande obscureceu a janela à esquerda, encobrindo apenas por um instante o sol que estava se pondo no horizonte. Nole só captou o movimento pelo canto do olho, mas *não era* fruto de sua imaginação.

Ele se inclinou para a frente, afundando a cabeça nas mãos.

— Droga, droga, droga, droga… — falou. Em seguida, endireitou o corpo. — Se recomponha — ordenou a si mesmo.

Respirou fundo, olhando ao redor. Por mais que tivesse um jeito desleixado o bastante para parecer descolado, gostava de ter as coisas organizadas. Era minimalista. Seu quarto era tranquilizadoramente branco. Os móveis de madeira de bordo tinham um design simples, embora estivessem um pouco manchados. O frigobar que usava para guardar garrafas de água e um ou outro pedaço de pizza (que, se deixados na cozinha, com certeza sumiriam) era igualmente branco e elegante. A cama estava mais ou menos arrumada, coberta por uma manta bege simples. O tapete era de sisal. O chão e todas as superfícies estavam livres de tralhas. Nas paredes haviam apenas alguns retratos em preto e branco com cenas de filmes antigos. Os colegas de Nole sempre insistiam para que ele colocasse em algum lugar do quarto as letras gregas que representavam a fraternidade, mas o jovem dizia que não precisava delas para saber onde morava.

A recusa foi só um dos vários motivos que lhe renderam o apelido de "No".

A sombra escura passou de novo pela janela.

Nole correu até lá e escancarou a cortina branca. Um vulto se esgueirou por trás dela, e Nole se virou de costas.

— Isso é idiotice.

Foi até a cama e tornou a se sentar.

Será mesmo?

Por mais que se achasse um cara racional, Nole sabia que o que estava acontecendo não era nada racional. Era bem *irracional*, inclusive.

Apesar de irracional, era a mais pura verdade: estava vendo Sam com a fantasia de Pássaro Sombrio. E ele o perseguia.

Mas por quê?

Era óbvio, não? Sam o perseguia porque se transformara no Pássaro Sombrio, e o Pássaro Sombrio torturava aqueles que confessavam seus segredos mais obscuros.

Então Sam primeiro faria bullying com Nole da mesma forma que um valentão brincava com sua vítima, e só depois o mataria por ser uma pessoa tão horrível. Ele tinha certeza.

E o pior era que Nole merecia.

Nas noites de domingo, o pessoal da fraternidade se reunia para ver um filme, e geralmente Nole não perdia o evento por nada — não só porque ajudava a organizar tudo, mas também porque adorava.

O filme daquele noite, porém, era um terror bem sangrento, a que ele não estava nem um pouco a fim de assistir. Quando disse que não participaria, foi agraciado por uma chuva de pipoca e um coro de vaias.

Depois de meia hora tentando estudar e outra encarando o teto, ele se arrependeu de não estar com os colegas, mas decidiu que não queria descer. Estava muito agitado.

O celular tocou, e ele o pegou com tudo, esperando que fossem notícias de Sam.

Sam está bem. Ele está bem, pensou, antes de atender.

— Alô?

— Ele está bem o quê?

Era Amber.

— Quem? — falou Nole.

— Você disse "Ele está bem".

Será que tinha feito aquilo de novo? Precisava parar de externar o que lhe passava pela cabeça.

— Eu devia ter ligado pra você, né? — perguntou Nole, sem graça.

— Mas não ligou.

— Eu sei.

— Babaca.

O coração de Nole quase saiu pela boca. Ele engoliu em seco para tentar devolvê-lo ao lugar certo.

— Vai ver eu tive meus motivos — retrucou.

— E quais seriam?

Meu amigo virou um melro-preto gigante e está vindo me matar, pensou Nole. Depois cerrou os dentes, esperando que Amber avisasse que ele dissera aquilo em voz alta.

— Por acaso está tentando usar a técnica da ligação safada? — questionou ela.

— Como assim?

— Você está respirando pesado no meu ouvido. Só que não está me deixando nem um pouco excitada.

— Tem certeza? Talvez a reação só esteja demorando.

Amber riu.

— Pode deixar que eu aviso, se for o caso — disse ela.

Nole abriu um sorriso. Ainda estava abalado, mas conversar com Amber o deixava um pouco mais tranquilo.

— Liguei porque você parecia meio surtado lá na lanchonete — explicou a garota.

— Hum, eu estava só...

Só o quê?

— Tem a ver com Sam? — quis saber Amber.

Nole apertou o celular com tanta força que seus dedos doeram um pouco.

— Então... tem.

A voz de Amber saiu mais suave:

— Sinto muito.

— Valeu.

Por alguns segundos, ficaram em silêncio.

— Talvez dormindo você consiga — retomou Amber.

— Consiga o quê?

— Reencontrar seu juízo.

Nole sorriu de novo.

— Vou tentar. Eu te conto se der certo.

— Por favor.

Quando Nole desligou, tentou convencer a si mesmo de que os pensamentos sobre Sam não passavam de uma loucura provocada pelo choque. Talvez Amber tivesse razão. Talvez fosse uma boa ideia dormir para reencontrar seu juízo — algo que o levasse à racionalidade e não à possibilidade de estar sendo perseguido por um amigo fantasiado de pássaro.

Valia a tentativa. Ele se levantou e tirou a roupa.

Assim como Ian, o colega de fraternidade todo orgulhoso do próprio corpo, Nole dormia só de cueca — mas a dele era do tipo boxer, branca. Nada de patinhos amarelos.

Depois de se enfiar debaixo de lençóis que careciam de uma passadinha na lavanderia, Nole olhou uma última vez ao redor do quarto para garantir que estava tudo nos conformes. Estava. Ele fechou os olhos.

No início, o sono custou a vir. Os músculos de Nole não relaxavam por nada. Estavam tão tensos que pareciam as cordas de um violão — ele tinha certeza de que, se alguém os tocasse, emitiriam um som dissonante. Não havia dúvidas de que o instrumento estava desafinado.

Nole tentou fechar os olhos de novo. Começou a piscar, e assim que caiu no sono, imagens de asas inacreditavelmente imensas roçaram suas pálpebras. Depois, sentiu as penas enormes batendo em todo seu corpo. Estava sendo golpeado por penas rígidas, quase tão grandes quanto seu cotovelo. Sentia as pancadas contra a pele, num contraste estranho de maciez e firmeza. Como algo leve feito pluma golpeava com tamanha potência e força?

O medo começou a forçar a barreira entre o sono e a consciência. Nole abriu os olhos de repente.

Ao tatear a mesinha de cabeceira para acender o abajur, percebeu que o coração retumbava no peito.

Tá bem, isso foi meio assustador. Será que foi um sonho?

Não. Não podia ser um sonho, porque ele nem chegara a pregar os olhos de fato. Mal tinha começado a adormecer.

O jovem se levantou e pegou uma garrafa de água no frigobar. Bebeu metade de uma vez, depois se sentou na beirada da cama e se esforçou para controlar a respiração. Demorou vários minutos, e ele se esforçou para ignorar o tremor nas mãos ao dar outro gole na bebida.

Por fim, baixou a garrafa e disse:

— Vai, se recompõe.

Então voltou a se deitar.

— Vamos tentar de novo — anunciou para o quarto vazio.

Estendendo a mão, apagou a luz mais uma vez e fechou os olhos.

E alguém — ou algo — abriu a porta.

O garoto pulou da cama e, na tentativa de acender o abajur, o derrubou sem querer. A lâmpada bateu no assoalho de madeira e se espatifou, o que fez Nole atravessar o cômodo correndo para ligar o interruptor.

Estava sozinho. A porta do quarto se encontrava fechada. E trancada.

Nole a encarou.

O que tinha acabado de acontecer?

Espiou os arredores. Apesar da aparência costumeira, seu quarto de repente tinha adquirido um ar ameaçador.

Nole precisava de uma arma.

Sem tirar os olhos da porta, foi até o armário e pegou seu taco de softbol feito de alumínio. Segurando o acessório como se fosse um porrete, parou ao lado do batente. Apertou o taco com mais força, depois destrancou e escancarou a porta.

Não havia nada no corredor.

Uma música agourenta vinha do térreo. Um baixo e uma percussão intensa. Nole conferiu o relógio. O filme provavelmente ainda estava rolando.

Em seguida, voltou para o quarto e fechou a porta. Trancou-a, apoiou as costas na madeira e correu a mão pelo cabelo. O que estava acontecendo?

Olhou para a cama. Por fim, encarou a maçaneta. Só conseguiria dormir se soubesse que a porta estava de fato protegida.

Sentindo-se um pouco como o idiota que Sam costumava dizer que ele era, Nole se aproximou da escrivaninha, pegou a cadeira e a encaixou sob a maçaneta. Por sorte, era uma cadeira de madeira, não a de rodinhas que a mãe achava que ele devia comprar.

Só então Nole olhou para a sombra além da janela. Estava trancada, certo?

Ainda segurando com força o taco de softbol, o jovem conferiu a janela. Sim, trancada.

Ótimo.

— Agora, que tal parar de agir como um surtado paranoico? — perguntou-se num sussurro.

Não respondeu a si mesmo porque não sabia se era *capaz* de parar. Não parecia estar sob controle.

Passou vários minutos ali, parado no meio do quarto. Por fim, concluiu que não conseguiria dormir daquele jeito, então recolocou o abajur no lugar e foi buscar a vassoura, a pá e uma lâmpada nova no armário. Depois de recolher os cacos de vidro e colocar a nova lâmpada no abajur, pegou o notebook e foi para a cama. Talvez fosse uma boa ideia trabalhar no roteiro do projeto. Antes daquela loucura toda, tivera esperança de que Sam e ele pudessem usar aquele enredo como projeto de conclusão. Mas àquela altura... Nole deu de ombros. Quem sabia o que o futuro guardava? Ainda assim, escrever talvez ajudasse a afastar a ansiedade. No mínimo lhe daria sono. Ele ficaria satisfeito com o que quer que viesse primeiro.

Só precisou de uma hora para começar a ter dificuldade de manter os olhos abertos. Encorajado pelo silêncio, não só do quarto, mas da fraternidade como um todo, colocou o notebook de lado, garantiu que o taco estivesse apoiado perto da cama, ao alcance, e apagou o abajur.

Mas logo o acendeu de novo.

O que era aquela sombra que vira assim que a luz havia se apagado?

Seus olhos percorreram o quarto. Nada. Óbvio.

Nole decidiu que precisava de uma lanterna. O abajur talvez não sobrevivesse à noite se ele continuasse tentando acender a luz daquele jeito estabanado.

Abriu a gaveta da mesa de cabeceira e pegou a lanterna que mantinha ali para usar sempre que a luz caía. Era impressionante a frequência com que alguns de seus colegas sobrecarregavam a rede e desarmavam o disjuntor. Depois de colocar a lanterna sobre a mesinha, olhou ao redor mais uma vez e, em seguida, pousou a cabeça no travesseiro. Ficou ali por alguns minutos, tão relaxado quanto uma das estátuas de madeira que dissera serem parecidas com Sam.

E esse mero pensamento tensionou ainda mais seus músculos. Os pulmões pareciam comprimidos, incapazes de absorver ar suficiente.

Tentou clarear a mente.

“Pense em coisas boas”, dizia a mãe sempre que ele se chateava na infância. Depois, ela cantava uma música reservada aos momentos em que o filho precisava ser animado. Nole nunca tivera coragem de contar à mãe que a canção não tinha apelo nenhum — o garoto não era muito fã de arco-íris e gatinhos.

Mas gostava de Amber. Então, pensaria nela.

Amber tinha algumas sardas, bem poucas; elas cobriam toda a extensão de seu nariz como pegadas de passarinho.

Nole ficou tenso de novo.

— Me ajuda a te ajudar — falou para si mesmo.

Tentou outra vez. Então... Amber tinha sardas no rosto, assim como no colo. Dava para ver algumas aparecendo acima da gola das regatas que usava. Aquilo era outra coisa de que ele gostava: o fato de ela se vestir com calça jeans e camisetas brancas. Nole nunca havia conhecido outra garota tão desapegada da moda daquele jeito, mas Amber conseguia ser linda de qualquer maneira. Talvez fosse o cabelo loiro, bagunçado e cacheado, que batia em seus ombros.

Os olhos de Nole começaram a ceder. Tentando não prender a respiração, ele esticou o braço e apagou a luz.

Ficou ali deitado, em silêncio, aguçando a audição. Nada.

Ótimo.

Fechou os olhos...

... e a janela se abriu. Algo atingiu o chão com um baque.

Nole tentou pegar a lanterna, mas a derrubou no chão. Ouviu o objeto rolar e bater na parede do outro lado. Ainda no escuro, ergueu o taco com a mão direita enquanto, com a esquerda, trêmula, tateava a mesa de cabeceira. Conseguiu acender o abajur sem quebrar a lâmpada.

A luz inundou o quarto e revelou... nada.

— Como assim?! — berrou Nole.

Tinha *certeza* de ter ouvido a janela se abrir. *Sabia* que havia escutado um baque no chão.

Será que tinha sonhado?

Balançou a cabeça.

De jeito nenhum. Aquilo havia soado muito real.

Ele foi até a janela e conferiu de novo a tranca. Estava fechada.

Certo. Beleza. Dormiria com a luz acesa, simples assim. Não dissera para Ian que quase nada o acordava? Pronto. A luz não seria problema.

Pegou a lanterna e a colocou na mesa de cabeceira. Reposicionou o taco e voltou a se deitar na cama.

Conferiu o relógio. Eram só 23h15. Será que era muito tarde para ligar para Amber?

Mas se ligasse, ia falar o quê? *Quer vir aqui escutar os barulhos de intrusos invisíveis comigo?* Era uma cantada que ele nunca tinha usado.

Nole cobriu o rosto com o antebraço, mas manteve os olhos abertos.

Por que tinha forçado tanto a barra com Sam no dia anterior?

Rolou de lado na cama e socou o travesseiro. *Agora é mesmo a melhor hora para psicanálise?*, indagou a si mesmo. Sabia que não devia ter pegado a eletiva de psicologia naquele semestre — só tinha se inscrito porque disseram que a disciplina era útil para escritores e cineastas. Mas não estava preparado para o quanto aquilo o forçava a analisar as próprias ações e motivações.

Já que não queria fechar os olhos, por que não fazer as perguntas difíceis?

Sabia que Sam tinha ficado irritado no dia anterior, mas continuara alfinetando o amigo. Por quê?

E mais importante: por que gostava tanto de provocar Kara no ensino fundamental? O que a garota tinha que despertava nele algo tão cruel?

Porque não havia dúvidas: Nole havia sido cruel, tanto na época da escola quanto no dia anterior, com Sam.

E o que ganhara em troca? Por acaso aquilo o fizera se sentir melhor consigo mesmo?

Tentou se lembrar de algo útil das aulas de psicologia. Será que era uma questão de espelhamento? Não. Aquilo era quando uma pessoa agia como outra. Talvez fosse uma projeção, então? Também não. Projeção era ver os próprios sentimentos no outro. Deslocamento de atribuição, quem sabe? Hum, quase. O conceito era reservado a situações em que a pessoa pegava as próprias frustrações e impulsos e os aplicava em algo ou alguém menos ameaçador do que os verdadeiros incômodos.

Bem, talvez estivesse chegando a algum lugar.

Mas estava tão cansado…

Nole fechou os olhos e enfim adormeceu.

Um guincho agudo entre o soar de um alarme e uma sirene, som que parecia ultrapassar o nível de decibéis nocivos ao ouvido, arrancou Nole do vazio suave do sono e o puxou de volta para a realidade. Ao mesmo tempo, um relâmpago horripilante registrou os contornos do Pássaro Sombrio no cérebro dele, gravando a ferro a imagem da criatura em sua mente.

Nole lutou para retomar a consciência, mas não conseguiu se livrar por completo do torpor.

Estava acordado o bastante para saber que fora arrancado de um sono profundo, e nada mais. Era como se algo o mantivesse preso, confinado a um espaço entre o pensamento e a ausência de pensamento. A impressão era que estava literalmente pregado à cama. Dava até para sentir a pressão dolorida de algo afiado perfurando sua pele nos pulsos e nos tornozelos.

Tentou lançar seu agressor para longe, mas não conseguia se mover. Estava paralisado. Sentia a pressão cada vez mais forte, algo o empurrando mais fundo no colchão. Estava sendo comprimido, como se a coisa quisesse esmagá-lo.

Mais uma vez, tentou lutar contra a força acima de seu corpo. Injetou cada grama de disposição nos músculos, grunhindo e se debatendo para se libertar.

Com isso, a pressão só piorou. De repente, Nole sentiu uma presença maléfica pairando acima dele. Não, não pairando: se *acomodando*. A presença estava *sentada* na cama de Nole. Sentada *em cima* dele! Ela o pressionava, o engolfava, se insinuava em cada molécula de seu corpo.

Mas depois, num lampejo radiante, Nole se libertou. Conseguiu se soltar da força bizarra e despertou tão completamente que, ao abrir os olhos, já estava alerta e com o taco de softbol em mãos.

O que era ótimo, já que não estava sozinho no quarto. Uma presença demoníaca de penas escuras aguardava bem ao lado da cama.

Então, Nole a golpeou.

No nanossegundo em que fez isso, ou talvez no instante *anterior*, a coisa na cama desapareceu numa erupção de penas que se espalhou pelo quarto. Depois, elas se dissiparam no ar.

Foi tudo tão rápido que Nole mal sabia se aquilo havia acontecido ou não.

A única certeza era de que havia brandido o taco. Sabia disso porque, com o movimento, derrubara o abajur — e outra lâmpada se espatifara.

O lapso temporal em que chegara a ver a criatura emplumada tinha sido infinitesimal, menos de um segundo. O quarto foi de barulheira e caos a silêncio e calmaria absolutos num piscar de olhos.

Ainda assim...

Ainda assim, a imagem que Nole tinha visto naquele intervalo estava gravada em sua consciência. Porque, além de penas, a criatura exibia olhos amarelos maléficos, tão penetrantes que chegavam a perfurar a alma. O bico, afiado e ameaçador, havia mirado diretamente seu coração cheio de culpa. Tinha certeza de que se tratava do Pássaro Sombrio, se debruçando sobre ele com intenções malignas. Não era apenas uma cena qualquer — era um filme de terror completo se desenrolando atrás de suas pálpebras, sendo exibido no cinema da própria mente.

Só que sem sangue.

Sam tinha razão. Não era preciso haver sangue para existir terror. O nível de tensão daquela história já era alto o bastante.

Nole soltou um barulhinho que era metade grunhido, metade risada. Parecia o soluço abafado de um homem insano.

Era estranho pensar que, apenas algumas horas antes, tinha passado de um simples universitário a um caso sério de paranoia. Porque aquilo só podia ser loucura, certo? Acreditar que um personagem assustador criado no improviso tinha ganhado vida...

Nole ficou de pé e começou a andar de um lado para o outro. A adrenalina ainda estava a mil, e ele precisava se livrar daquela sensação.

Depois de dar várias voltas no pé da cama, decidiu que o quarto era pequeno para tamanha energia nervosa. Assim, foi até o armário e pegou uma calça de moletom, uma camiseta, um casaco com capuz, meias e tênis de corrida.

Quando saiu para o corredor iluminado da mansão da fraternidade, fazia um silêncio etéreo. Ele conferiu de novo o relógio. Quase uma da manhã.

Espera. Onde a última hora e meia foi parar? Será que havia passado tanto tempo assim na cama pensando em psicologia ou aquele estado de incapacitação tinha durado mais do que imaginava? Nole não fazia ideia. O retumbar de seu coração abafava qualquer pensamento racional.

Da forma mais silenciosa possível, ele disparou até as escadas e desceu correndo sem fazer barulho. Acordar os colegas de fraternidade não era o problema: só não queria ter que dar explicações sobre o que estava fazendo. Só precisava sair dali.

Assim que passou pelas pesadas portas duplas que davam no amplo alpendre da casa, Nole reconsiderou seus planos. Queria mesmo se lançar escuridão adentro com aquela criatura o perseguindo? E se ela se cansasse daquele joguinho e decidisse atacar de uma vez? E se o capturasse e saísse voando, como uma águia prendendo um roedor em suas garras?

Bem, aquilo *sim* soava insano. Achava mesmo que o Pássaro Sombrio chegaria voando e o ergueria do chão? Mesmo que uma versão assustadora de Sam fantasiado estivesse atrás dele, não significava que conseguia voar, certo?

Mas por que não?

Se as outras loucuras daquele dia eram possíveis, então *tudo* era possível.

Nole se virou e voltou correndo para o quarto.

Passou as duas horas seguintes se esforçando para permanecer acordado. Estava aterrorizado demais para voltar a dormir.

Então resolveu fazer flexões e abdominais. Ouviu música. Jogou no computador. Por fim, começou a ver um filme.

Enfim funcionou. Foi forçado a fechar o notebook, dominado pelo sono.

Assim que Nole cerrou os olhos, o guincho de furar os tímpanos voltou. Ele tentou cobrir as orelhas, mas se viu paralisado outra vez. A cada tentativa de se soltar da força que o prendia, qualquer que fosse, precisava rechaçar o horror do que ainda se desenrolava em sua mente: os olhos brutais encarando sua essência sombria; o bico, como uma foice ceifadora, perfurando seu coração.

Entorpecido, Nole avistava vultos pretos cobertos de penas se aproximarem e se afastarem incessantemente. Ele se sentia uma minhoca corpulenta e indefesa, se arrastando pela terra — o Pássaro Sombrio estava apenas brincando com ele antes de arrancá-lo do solo e engoli-lo numa só bicada.

O som e a imagem rasgavam Nole de dentro para fora. E ainda assim ele lutava, imóvel.

Até enfim se soltar.

Como da vez anterior, ele voltou ao mundo dos vivos com um lampejo radiante e um silêncio sepulcral. Como da vez anterior, ele se levantou no mesmo instante. E, como da vez anterior, o invasor maligno se desfez no nada, como se nunca tivesse existido. O que certamente era verdade... mesmo que cada célula do corpo de Nole jurasse o contrário.

Sabia que ficaria maluco se não saísse daquele quarto.

Mais uma vez, abriu a porta do quarto e atravessou a mansão. Quando chegou ao alpendre, não se permitiu pensar. Só saiu correndo pelo caminho de tijolos que levava ao pátio externo da faculdade. Precisava fugir, e para isso teria que correr.

O campus ainda estava adormecido. Não dava para ouvir nem os carros ao longe. Nole não ficaria surpreso se descobrisse que a universidade estava isolada sob uma redoma de vidro.

Mas não, aquele ainda era o mundo real. Parecia um dia normal no campus, no planeta Terra.

O céu noturno estava escuro. As nuvens cinzentas deviam ter sido trazidas até ali pelo vento. Moitas chacoalhavam com uma brisa que não estivera ali horas antes. De vez em quando, um cartaz rasgado ou uma embalagem de chocolate passava girando pelo chão.

A iluminação das ruas consistia numa série de postes de ferro fundido, que projetavam uma rede de sombra e luz sobre o concreto e a folhagem. Nole se sentiu um pouco desorientado com a cena. Tinha a impressão de ver penas em cada folha ou galho errante.

Então manteve o olhar fixo num ponto no chão a alguns passos de distância, tentando manter o foco e centrar os pensamentos. Corria tão rápido quanto possível, como se estivesse fugindo para salvar a própria vida.

Talvez estivesse mesmo. Vinha sendo torturado por algo implacável. Como escapar daquilo?

Naquele momento, só lhe restava correr.

Quando se virou para olhar por cima do ombro, seu tênis se enroscou na raiz de uma árvore e o fez rolar da pista para o meio das moitas. Deitado de costas no chão, com uma mão no tornozelo torcido e o corpo todo encolhido por causa da dor nos joelhos e cotovelos provavelmente ralados, ele jogou a cabeça para trás.

— CHEGA! — bradou.

Fechou os olhos, e os sons horrendos voltaram enquanto a criatura horripilante e penosa pairava logo acima dele.

Tornou a abrir os olhos — e, óbvio, estava sozinho.

Logo se desvencilhou dos arbustos e, com dificuldade, ficou de pé. Ignorando a dor que latejava em lugares demais para ser possível listar, Nole falou em voz alta:

— Desculpa, Sam.

Andando em círculos, repetiu a frase mais uma vez, quase como num ritual:

— Desculpa, Sam.

Outra volta.

— Desculpa, Sam.

Mais uma.

— Desculpa, Sam.

Enfim fechou os olhos por uma fração de segundo e confirmou o que suspeitava: seus pedidos de perdão não tinham servido de nada. Ainda assim, tentou mais uma vez.

— Desculpa, Sam! — berrou, erguendo os braços para o céu.

Daquela vez, no entanto, conseguiu uma resposta: sua visão foi bloqueada pela luz de uma lanterna apontada para seu rosto. Era um dos vigias do campus.

— Você está bêbado ou drogado, garoto?

Nole revirou os olhos e se voltou para o sujeito. Era um homem negro, com cabelo cortado à máquina. Tinha um distintivo nada impressionante preso ao cinto.

— Nenhum dos dois — retrucou ele. — Tive pesadelos, então saí para correr.

O vigia o analisou dos pés à cabeça com a lanterna. Nole manteve os braços afastados do corpo, as mãos abertas para mostrar que estavam vazias.

— Qual seu nome? — questionou o homem, voltando a apontar a luz para a cara dele.

O garoto estreitou os olhos, desviando o rosto, e piscou para afugentar os pontinhos coloridos em sua retina. Bem, se ficasse cego, talvez ao menos não visse mais o Pássaro Sombrio.

Apenas pensar no nome da criatura fez a imagem retornar com tudo.

— Nome? — insistiu o vigia.

— Nole Markham. O senhor pode baixar um pouco a luz, por favor?

O homem afastou a lanterna.

Nole não enxergava o rosto do vigia muito bem, mas não parecia muito mais velho do que ele. No entanto, era muito mais alto, e a forma como assomava sobre Nole o fez se lembrar de...

Pode parar!, ordenou a si mesmo.

— Por que estava berrando? — perguntou o vigia.

— Queria espairecer.

O homem voltou a apontar a lanterna para a cara de Nole.

— Drogas?

— Não. Não usei nada. Eu... — Ele hesitou. — Só enchi o saco de um amigo, e agora ele está irritado comigo. Eu só... Sei lá.

O vigia baixou a lanterna mais uma vez. Por alguns minutos, ficaram ali em silêncio.

Nole reparou no guizalhar dos grilos, algo que nem ouvira enquanto corria.

— Entendi — falou o homem. — Você quer pedir desculpa, mas está um pouco irritado por seu amigo estar tão irritado, então decidiu pedir desculpa aos gritos para tirar a raiva de dentro de você.

Nole o encarou, surpreso. Nada mau para um guardinha de campus.

— Exatamente isso — concordou.

— Certo. E já terminou de gritar?

Nole assentiu.

— Acho que sim.

— Certo, então.

Ele esperou para ter certeza de que o vigia havia encerrado o questionamento, e logo o homem apontou a trilha com a lanterna.

— Sugiro que você volte a correr. É ótimo para clarear as ideias.

— Verdade. Valeu.

Trocaram um leve aceno de cabeça, e Nole seguiu seu caminho.

Já tinha corrido quase dois quilômetros quando uma fraquíssima luz rosada começou a surgir no topo das colinas na fronteira leste da cidade. A aurora se aproximava, e Nole mal havia pregado os olhos.

Será que voltaria a dormir algum dia?

Tinha que pedir desculpa para Sam... de algum jeito que não fosse gritando no meio do campus. Mas como?

Nole corria de volta para o alojamento da fraternidade quando ouviu passos se aproximando pela esquerda. Diminuiu o ritmo, tentando não estremecer de medo. Então olhou na direção de onde vinha o som. Tentou se convencer de que soava como os passos de uma pessoa, não de um pássaro.

E estava certo.

— Nole!

Pela primeira vez em horas, ele relaxou. Não por completo, mas deixou a ansiedade desfazer os nós no pescoço e nos ombros.

— Oi, Amber.

A garota dava pulinhos no mesmo lugar, bem diante dele. Usava calça de moletom azul-escura e camiseta branca, com o rosto ligeiramente coberto por uma camada fina de suor.

— Nunca vi você correndo de manhã — comentou ela.

— Eu não corro essa hora mesmo.

— Ah, então esse é um dos seus clones, né?

Nole sorriu. Quando se deu conta de como aquilo era bom, ampliou ainda mais o sorriso.

— Exato.

— Quantos você tem?

— Só o necessário para fazer todas as coisas que não faço.

Ela riu.

— Quer correr comigo, clone do Nole?

— Lógico.

Por que não? Nole não estava pronto para encarar o dia que começava — nem um pouquinho. Ainda nem tinha feito as pazes com a noite.

• • •

Terminaram a corrida na lanchonete.

— A gente tem que parar de se encontrar desse jeito.

Amber enxugou o suor do rosto com a camiseta.

— Nunca encontrei você aqui — brincou ele. — Era outro clone do Nole.

— Ah, é. Esqueci.

A lanchonete estava começando a abrir. Um cheiro delicioso de bacon emanava das portas duplas. Alguns alunos ainda sonolentos se arrastavam até o estabelecimento. Amber apoiou o pé no corrimão da escadinha da entrada e se inclinou para se alongar.

Nole sentia o suor escorrendo pelas costas. Fechou os olhos por um segundo, depois os abriu para ver se despertava. Esfregou o rosto. Os olhos estavam secos e irritados.

— Tudo bem aí? — perguntou Amber. — Sério, você está meio esquisito...

— Uau, valeu.

A garota esboçou um sorriso.

— Você entendeu, vai. Seus olhos estão bem vermelhos.

— Eu não dormi nada.

— Passou a noite toda acordado?

Nole assentiu.

— Tem algo que eu possa fazer para ajudar? — ofereceu Amber.

Ele a analisou. Só então se deu conta, curiosamente, de que ela parecia um pouco com Kara, a garota que tanto havia zoado na escola. Tinha a mesma cor de pele, o mesmo formato de boca. Será que era por esse motivo que nunca havia achado Amber bonita até pouco tempo? Os dois tinham cursado várias matérias juntos, tanto no ano anterior quanto naquele, mas Nole nunca dera bola para ela. A essa altura, no entanto, gostava bastante dela.

Gostar de uma pessoa inevitavelmente levava à confiança, então Nole soltou:

— O que você faria para consertar algo muito errado, que fez há um tempão, mas que depois de anos repetiu? Considere que não tem como pedir desculpa para a pessoa, mas você se arrepende e quer resolver as coisas o quanto antes.

Amber inclinou a cabeça e fez uma careta.

— Foi a culpa que manteve você acordado a noite toda?

— Meio que sim.

Ela se sentou num dos degraus de concreto e deu um tapinha no espaço livre ao lado. Nole acenou para um amigo que passava e se sentou perto dela. O concreto estava gelado e úmido.

— É bom você estar se sentindo culpado. Mostra que tem caráter. Vários caras são idiotas demais para saber quando devem sentir culpa. Cheguei a pensar que você era um desses.

— Então por que quis sair comigo?

— Achei que eu podia estar errada.

Nole não sabia muito bem no que acreditar. Será que estava dominado pela culpa porque tinha caráter? Ou porque não queria ser morto pelo Pássaro Sombrio?

— Acho que a culpa é como uma erva daninha. — Amber ergueu o rosto para o sol, que começava a despontar sobre as árvores. — Melhor arrancar pela raiz.

— Então, preciso pedir desculpa para a primeira pessoa… A primeira que eu gostaria que me desculpasse… — falou Nole. — Mas como vou resolver as coisas com a outra?

— É um lance de energia — explicou Amber. —Yin e yang. Se equilibrar a balança num lugar, esse equilíbrio vai se irradiar para o resto.

Embora não tivesse tanta certeza de que as coisas funcionavam daquele jeito, Nole precisava tomar uma atitude.

— Ah, achei você!

Ele se virou quando ouviu a voz de uma garota. Era Darla e seu grupo de amigas. Ela apontou para Amber.

—Você não estava onde a gente sempre se encontra — acrescentou a garota.

Amber se levantou com um salto.

— Foi mal. A culpa é dele — respondeu ela, apontando para Nole e sorrindo.

Ele também ficou de pé.

— Preciso tomar um banho.

Amber assentiu e seguiu na direção das amigas. Antes de se afastar, se virou.

— Boa sorte — desejou ela.

—Valeu.

Nole sabia que ia precisar.

Como ele encontraria Kara Pisch?

Nole refletiu sobre isso durante o tão almejado banho, no trajeto de volta ao quarto e enquanto espiava, da janela, as pessoas a caminho da faculdade. Ele já tinha decidido faltar todas as aulas do dia. Por isso, pegou o notebook e se preparou para encontrar Kara. Morrendo de vontade de voltar para a cama, colocou o computador na escrivaninha. Tinha medo de cair no sono se ficasse no colchão.

Uma pesquisa rápida na internet não ajudou muito. O nome Kara Pisch não aparecia em lugar algum. Pelo jeito, a garota não tinha redes sociais e não fizera nada de importante para surgir no resultado da pesquisa. Como a encontraria, então?

No caminho até o quarto, Nole entreouvira alguns colegas de fraternidade falando sobre Sam. Ele ainda estava desaparecido, então encontrar Kara era a única forma de recuperar a sensação de segurança.

Ou será que Nole estava só ficando maluco?

E se a noite anterior tivesse sido apenas um distúrbio do sono causado pelo choque das notícias do dia? Já não se sentia tão abalado — talvez ficasse bem se fosse dormir.

Não tinha visto sombras nem lampejos de pássaros imensos a caminho da fraternidade. Era um bom sinal, não?

Fechou os olhos por um instante; parecia prestes a dormir sentado. Certo. Estava resolvido. Ele se renderia ao sono e esqueceria tudo sobre Kara Pisch, Sam e o Pássaro Sombrio. Como os únicos machucados resultantes da longa noite eram decorrentes de suas próprias ações, concluiu que a ameaça estava só na sua cabeça. E, nesse caso, poderia vencer o sentimento.

Decidido, colocou o notebook de lado e subiu na cama, ainda de calça jeans e camiseta branca. Suspirou, se espreguiçando. Pousou a cabeça no travesseiro, fechou os olhos e o sono o levou...

... direto para o inferno.

No segundo em que as ondas cerebrais de Nole sossegaram, Pássaro Sombrio surgiu numa barulheira dissonante de guinchos e berros tão intensa que parecia perfurar os tímpanos. Asas diabólicas se debruçaram sobre Nole, ameaçadoras.

Pássaro Sombrio chegou ainda mais perto, com o bico mirando o olho direito dele. Nole sabia que estava de olhos fechados, pois ainda dormia — no mundo dos sonhos, porém, suas pálpebras permaneciam abertas enquanto o bico se aproximava mais e mais. Ao mesmo tempo, o peso sobre ele aumentava. O peito de Nole estava sendo esmagado pelo vulto emplumado.

Mesmo sabendo que não serviria de nada, Nole se debateu e se revirou, tentando jogar para longe a criatura horrenda. Ele se concentrou em libertar as pernas, mas aquilo pareceu só piorar as coisas, pois elas começaram a espasmar, como se alguém tentasse arrancá-las de seu corpo. A dor nos membros era excruciante.

O som também mudou. Os tons agudos diminuíram, substituídos por uma combinação de estalos de estática e zumbidos baixos, interrompidos em intervalos regulares por um barulho elétrico ensurdecedor que o fazia pensar nas raquetes de matar mosquito que o avô tinha no alpendre de casa. Mas aquele barulho não era condizente com um inseto — parecia mais apropriado a um pterodáctilo.

De repente, Nole percebeu que não conseguia mais respirar. O peso no peito esmagava seus pulmões, e logo faria seu coração parar. Ele sentia que estava sendo arrastado para outro lugar, para o reino do Pássaro Sombrio. Ao deixar o próprio mundo, aquele que passara a vida acreditando que sempre teria, sentiu o corpo começar a formigar. A sensação aumentou, se transformando em vibrações rápidas e poderosas até parecer que cada célula do corpo dele palpitava no ritmo de uma britadeira.

Brrrrrrrrrrr.

Tentou gritar, mas não conseguia sequer usar a boca. Por fim, percebeu que não *sentira* a boca... nem o restante do corpo. Não estava apenas paralisado. Estava entorpecido!

Tudo o que restava de Nole era sua consciência. A mente ainda funcionava bem; na verdade, funcionava bem até demais. Estava fornecendo um diagnóstico inclemente das falhas generalizadas do corpo dele.

A existência de Nole recuou mais e mais, adentrando um vazio preto e emplumado. O barulho crescia. A dor se intensificava. Nole tinha certeza de que estava à beira da aniquilação total.

E, de repente, tudo parou...

Exceto o aperto intenso no braço, o chacoalhão incômodo no ombro e o som de alguém gritando:

— EI, CARA!!!

Nole abriu os olhos.

Ian soltou o braço e o ombro dele e se afastou alguns passos da cama.

— Ei, cara — repetiu, bem mais baixo.

Nole percebeu que estava coberto de suor. A pele parecia grudenta, as roupas coladas ao corpo. Tudo doía.

— Tudo bem aí? — perguntou Ian.

Como não sabia responder àquela questão, apenas assentiu, balançando a cabeça. Aquilo deveria ajudar a se acalmar.

Ian, que usava apenas uma samba-canção vermelha com estampa de touro, se jogou na cadeira da escrivaninha. Nole o encarou. Nunca tinha visto o grandalhão tão abalado. Também nunca o tinha visto em seu quarto. Os dois só interagiam quando havia outros colegas de fraternidade por perto, em geral na área comum do andar de baixo.

— Como você entrou aqui? — indagou Nole.

Ian piscou, depois franziu a boca numa expressão de criança culpada.

— Ah, eu meio que arrombei a porta.

Nole observou o batente todo destroçado e a porta pendurada numa dobradiça só.

— Foi mal, cara — continuou Ian. — Achei que você estava morrendo.

Nole voltou a fitar o colega, erguendo uma das sobrancelhas.

— Nunca ouvi ninguém fazer um som daqueles — explicou Ian. — Era *alto*, mas muito grave. Tipo um grunhido, como se você estivesse desesperado, tentando gritar, mas alguém tampasse sua boca com a mão. Fora os baques. Achei que tinha alguém tentando matar você, então arrombei a porta e entrei.

Os olhos de Nole se encheram de lágrimas. O gesto o deixara estranhamente emocionado.

Em seguida, calafrios de terror percorreram seus braços. E se ele estivesse mesmo prestes a morrer? O que teria acontecido se Ian não tivesse entrado no quarto para despertá-lo? Será que o Pássaro Sombrio levaria Nole para outra... o quê? Dimensão? Outro reino? Outro círculo do inferno?

De repente, percebeu que Ian estava esperando uma resposta.

— Valeu, cara. Tive um pesadelo terrível. Você me tirou dele.

Ian deu de ombros.

— Ah, que bom. Parecia muito ruim mesmo. — O rapaz o encarou com intensidade. — Tem certeza de que está bem?

Nole assentiu.

— Nada que um banho quente e um pouco de comida não resolvam.

Depois se sentou, tentando ignorar a náusea provocada pela sensação do quarto girando.

Ian ficou de pé.

— Beleza. Então...

Nole não sabia se já era capaz de se levantar, então resolveu nem tentar.

— Foi mal pela porta — retomou o colega. — Posso consertar para você. — Ele foi até o batente e analisou o estrago. — Preciso só passar numa loja de ferragens e comprar umas coisas.

— Não precisa. Você só quebrou a porta por minha causa.

Ian balançou a cabeça.

— Relaxa, eu quero fazer isso. Gosto de consertar coisas. Vai me distrair da prova de segunda chamada que preciso fazer mais tarde. Tenho que passar para continuar no time de futebol americano.

Nole tornou a assentir.

— Bom, me avisa se você precisar de ajuda com os... hã, com os estudos.

Ian o observou com atenção, provavelmente para ver se Nole estava brincando. Não estava. Talvez no dia anterior até tirasse sarro do colega fortão, mas isso eram águas passadas.

— Valeu — respondeu Ian, com um aceno de cabeça.

Depois caminhou até o vão escancarado que levava ao corredor.

— Hã... Ian? — chamou Nole.

— Oi?

O garoto se virou.

— Se você precisasse encontrar alguém do seu passado, tipo... da época do ensino fundamental, o que faria? Digo, se não conseguisse encontrar a pessoa na internet?

— Hum, não sei. Você conhece os pais dessa tal pessoa?

Nole estalou os dedos.

— Ótima ideia. Conheço, sim. Valeu. Perfeito. Obrigado de novo por ter arrombado a porta, Ian.

O grandalhão deu de ombros.

— Pode contar comigo a qualquer hora, se precisar.

— Espero que eu não precise — murmurou Nole enquanto o colega voltava para o próprio quarto.

Enfim se levantou e, pela segunda vez no dia, se arrastou até o chuveiro. No banho, repreendeu a si mesmo por ser tão burro. Sabia que os pais de Kara Pisch ainda estavam na cidade, porque o pai dela era o dono do Pisch Cozinha, um restaurante de comida caseira no centro. Como podia ter esquecido? Uma das coisas que dizia para Kara durante as provocações era "Pelo jeito você já devorou todos os pratos do cardápio do seu pai mil vezes. O que recomenda?".

Nole grunhiu com aquela lembrança e abriu a água fria. Se encolheu quando o gelo cortou a pele, mas precisava daquilo. Merecia, inclusive. O choque o ajudaria a tomar a tão necessária atitude.

Nole ficou aliviado ao ver o Pisch Cozinha quase vazio quando chegou. Apenas uma mesinha de vinil prateado estava ocupada. Um casal mais velho comia bem devagar os ovos mexidos e as batatas rosti. E apenas uma das banquetas vermelhas de vinil estava ocupada por um rapaz com cara de sono e uniforme de zelador. Ele tomava café e comia de forma metódica uma grande fatia de torta de cereja.

O lugar cheirava como um restaurante dos bons. Os aromas não eram de gordura, e sim do café e da comida — uma mistura agradável, apesar de estranha, de cebola, frango frito, maçã e chocolate. Dava para ouvir os estalidos e chiados da cozinha através da divisória baixa que a separava do salão. Havia um balcão por onde a comida era servida, ao lado de um suporte giratório em que as comandas eram penduradas. Naquele momento, estava vazio.

Quando Nole entrou, uma mulher magra com cabelo escorrido tingido de loiro se virou para cumprimentá-lo.

— Pode se sentar onde quiser.

Ela apontou para as mesas e voltou às próprias tarefas, passando um bule de café fresquinho. Usava uniforme, que consistia num vestido rosa-claro com um avental azul. A plaquinha presa à roupa indicava que se chamava Lois.

Nole não queria se sentar. Queria resolver o assunto de uma vez por todas, então se aproximou do balcão perto de uma caixa registradora antiga.

Lois se virou e o encarou, ressabiada.

— O pedido do senhor é para viagem?

— Não, obrigado. Eu... Eu queria ver o sr. Pisch. Ele está?

Lois deu uma risadinha.

— Com certeza. Ele praticamente mora aqui agora. É o responsável pelo preparo da comida. — Lois se virou para a cozinha e gritou: — Earl, vem cá! Tem alguém querendo falar com você.

Nole cerrou os punhos. Não estava muito animado para aquela conversa.

Quando ergueu a cabeça, viu um senhor bem baixinho saindo por uma porta vaivém à direita do balcão. Não era à toa que Nole não tinha sequer vislumbrado o homem: ele mal chegava a um metro e meio de altura. E era magro. *Aquilo, sim,* era surpreendente.

— Olá, senhor — disse, estendendo a mão. — Meu nome é Nole Markham.

Earl Pisch sorriu e cumprimentou Nole.

— Prazer.

O homem não tinha um dos dentes da frente, mas de alguma forma esse detalhe tornava seu sorriso ainda mais amigável. Ao contrário da filha loira, Earl tinha cabelo e olhos castanhos, mas dava para ver os traços de Kara no homem — ou seria o contrário? Ambos tinham bocas curvadas para cima, maçãs do rosto proeminentes e olhos próximos.

— No que posso ajudar? — perguntou Earl Pisch, extremamente educado.

Nole vinha pensando em como abordar seu desejo de encontrar Kara, sem sucesso. Assim, soltou apenas:

— Então, preciso encontrar sua filha, e achei que o senhor pudesse me contar onde ela está.

A expressão do homem não mudou. Ele se limitou a responder:

— Ah, é?

Então apoiou um cotovelo no balcão, de frente para Nole. O rapaz notou que o antebraço de Earl era coberto de cicatrizes de queimaduras; será que era da correria da cozinha?

— E por quê? — questionou ele.

—Você está a fim dela? — quis saber Lois, a voz grave e rouca.

Earl riu, dando um tapinha no ombro da garçonete.

— Bom, Lois, isso é da conta dele, certo?

Lá fora, o sol desapareceu de forma tão abrupta que todos no restaurante se viraram para olhar pela janela. Nuvens escuras de tempestade se espalhavam pelo céu. Mais abaixo, bem do lado de fora do estabelecimento, um vulto corcunda e repleto de penas lampejou no campo de visão de Nole.

Como assim?

Ele olhou de novo pela janela. Tinha mesmo visto aquilo, ou era só imaginação?

Analisou os arredores para ver se os outros haviam esboçado alguma reação. A mulher mais velha espiava além do ombro de seu companheiro, concentrada nas nuvens, o rosto retorcido no que poderia ser medo ou preocupação — talvez só não gostasse de tempestades.

Quer a cena fosse real ou inventada, a sensação de Nole era de que precisava seguir logo com o assunto.

Voltando a olhar para o pai de Kara, disse:

— Quero contar a verdade para o senhor, mesmo que isso me faça parecer... um monstro. Mas... — Ele deu de ombros. — Estudei com a Kara, e bom... eu era um babaca naquela época. Não fui nada legal com ela, e preciso dizer que sinto muito por ter sido tão maldoso.

— Isso é tipo um daqueles exercícios de fazer as pazes com o passado? — perguntou Lois para o rapaz.

— Não é nada de mais. Eu só... preciso que ela saiba que me arrependo de verdade.

Earl coçou o queixo.

— Era você que jogava carrapichos nela?

Nole fez uma careta, tomado pela vergonha. Baixou o olhar.

— Isso. Eu mesmo.

Como o homem não disse nada, Nole ergueu o rosto. Esperava ver raiva nos olhos de Earl, mas o que viu foi compaixão.

Ficaram ali se encarando por vários segundos. Nole começou a ficar inquieto, mas não desviou o olhar. Precisava ficar cara a cara com seus atos. Havia maneira melhor do que encarar o pai da sua vítima?

Por fim, Earl replicou:

— Tudo bem. Vou contar onde minha filha está.

— Ela é uma querida — comentou Lois.

Nole ignorou o acesso súbito de náusea e anotou o endereço que o homem lhe passou. Depois saiu, tomando o cuidado de não erguer o olhar ao correr até o carro.

O carro dele não era lá grandes coisas. Na verdade, não passava de uma lata-velha. Parecia tanto uma antiguidade que Nole nem sequer admitia ter um carro. Mantinha o veículo na casa do avô, e só dirigia quando necessário. Na época da sua fabricação (muitos e muitos anos antes), até tinha sido um carro legal. Mas depois de vários proprietários, quilômetros e batidas no para-choque, havia virado uma massaroca de metal vermelho e peças de motor caindo aos pedaços que, na maioria do tempo, dava conta apenas de levar Nole aonde ele precisava ir.

Naquele dia, teria que arriscar. O trajeto era de apenas uns cinquenta quilômetros, mas o campus onde Kara cursava o segundo ano de faculdade, assim como no caso de Nole, ficava numa região montanhosa. Segundo o pai da garota, a universidade era focada em disciplinas relacionadas a música e arte.

As nuvens de tempestade ainda pairavam no céu, o que só aumentava o nervosismo do rapaz. Sempre que sem querer olhava para o céu, via asas repletas de penas agitando as nuvens inquietas. De tempos em tempos, também avistava um vulto imenso e escuro surgindo aqui e ali no rastro do veículo capenga. Sempre que acontecia, ele pisava mais fundo no acelerador — o que não ajudava em nada, pois já estava no limite da velocidade. O carro sofria, como imaginado, para subir o aclive.

Depois de uns cinquenta minutos, porém, Nole chegou a uma moderna entrada arqueada de cimento sobre uma estradinha estreita que levava a um pequeno grupo de estruturas esculturais de vidro e cimento que berrava "mundo das artes". Como Earl havia instruído, Nole seguiu a via à esquerda, que serpenteava pelo meio de duas construções em formato de triângulo invertido, até chegar ao estacionamento de um alojamento assimétrico de três andares.

Assim que desligou o carro, um trovão retumbou não muito longe dali. Uma grande gota de chuva atingiu o braço do jovem ao sair do veículo. Sem querer fitar os arredores, trotou na direção do alojamento; mesmo sem ver seu opressor, sabia que estava ali. Podia ouvir as penas arrastadas pelo pavimento, sentir as correntes de ar atrás e ao redor dele à medida que seu caçador se aproximava.

Nole estava suando quando chegou ao alojamento. A náusea que sentira no restaurante havia se intensificado, e a ela se juntara uma dor de cabeça latejante. Para piorar, começava a se sentir meio avoado. Precisava se apressar.

Quase correndo pela área comum, com as omoplatas formigando pela sensação de estar sendo observado, Nole olhou para as poucas garotas espalhadas pelos sofás, entretidas em conversas. Por mais estranho que fosse, percebeu que passara por ali sem nem sequer dar atenção à aparência ou às roupas das garotas. Sentia a visão começando a ficar turva.

O prédio recendia a cravo, e era surpreendentemente silencioso para um alojamento universitário. Dava para ouvir apenas uma música de batida ritmada tocando ao longe.

Eram pouco mais de cinco da tarde e, segundo Earl, Kara em geral estava no alojamento àquela hora do dia, porque comia cedo antes de ir ensaiar. O homem não mencionou o teor do ensaio.

Nole encontrou com facilidade o número do quarto fornecido por Earl. Depois de se apoiar na parede para se equilibrar, ergueu a mão e bateu à porta.

— Entra — disse uma voz animada e melodiosa.

Parecia um pouco com a de Kara, embora muito mais alegre do que ele lembrava.

Nole abriu a porta e olhou ao redor, de repente congelando com a visão.

Havia apenas uma pessoa lá dentro, uma garota. E só podia ser Kara. Teria duvidado se não fosse pelo encontro com Earl, mas a jovem era a cara do pai.

Ainda era loira e cheia de sardas, como na época da escola. Ainda tinha os mesmos dentes um pouquinho tortos de que ele se lembrava. Fora isso, porém, era uma garota muito diferente.

— Oi. Está procurando a Christine?

— Hã?

— Minha colega de quarto.

Nole balançou a cabeça. Mal conseguia parar em pé. As pernas pareciam fracas, e algo forçava suas costas e seus ombros como se tentasse esmagar o rapaz.

— Então quem está procurando? — questionou Kara.

Ela torceu o nariz como fazia na época da escola, mas não parecia estar vendo nada além de Nole.

Pela milionésima vez, ele tentou se convencer de que estava imaginando coisas.

Na ausência de resposta, a garota continuou:

— Acho que você veio ao quarto errado, não? — Ela inclinou a cabeça ao entoar a frase que parecia mais uma pergunta.

Kara estava diante de uma escrivaninha similar à dele. Tinha um livro aberto diante de si, e segurava um pote de salada já quase vazio.

Nole continuou em silêncio, então ela baixou o olhar e pegou uma rodela de pepino com o garfo. Mordeu o legume; o cheiro característico preencheu o ar, assim como o som crocante.

O rapaz continuou encarando.

Kara Pisch estava sentada de pernas cruzadas, e um dos pés descalços chacoalhava no ritmo da música que devia estar na cabeça dela. A garota não usava fones de ouvido. Estava vestida com um collant azul-claro bem justo.

Não era mais gorda. Na verdade, era tão magra quanto Nole.

E essa não era a única diferença. Embora tivesse os mesmos traços faciais e as mesmas expressões peculiares, a garota se portava com um ar confiante que deixava claro que não era a mesma da época da escola. A mente de Nole se esforçava para assimilar a informação inesperada. Suas sinapses anunciavam: "Os dados não conferem."

— O gato comeu sua língua? — perguntou Kara. Depois hesitou, movendo a boca como se procurasse as palavras certas. — Não quero ser maldosa nem nada do gênero. É que você está aí, só olhando.

Ela uniu as mãos diante do corpo e encolheu os ombros.

Nole balançou a cabeça para tentar religar os circuitos.

— Você não se lembra de mim? — indagou.

— Jura que *essa* é a primeira coisa que você vai dizer?

A garota deu uma risadinha.

Ele se lembrava daquela risada. Só ouvira uma vez na época da escola, quando a tinha visto brincar com um furão que alguém levara numa feira de ciências. Era um som agradável que o fazia querer se juntar ao riso.

Kara deixou a salada de lado.

— Certo, vamos ver.

Encarou o rapaz, depois balançou a cabeça.

— Não, não me lembro de você. Deveria?

— Eu lembraria.

— Do quê?

— De mim. Se fosse você, digo.

Nole apertou o ossinho do nariz.

A garota franziu o cenho de novo.

— Por que não me diz logo quem você é?

Nole soltou o ar.

— Certo.

Algumas garotas passaram pelo corredor, cantando a plenos pulmões. Nole esperou até elas terem se afastado o bastante, tentando ignorar o que parecia ser, vindos de trás delas, os baques surdos indicando a aproximação de sua nêmesis emplumada.

Ao abrir a boca, descobriu que não conseguia proferir as palavras. Seus olhos se encheram de lágrimas, e ele engoliu em seco.

Kara o observou, um tanto confusa.

— Ei, você está bem?

Os olhos de Nole ficaram ainda mais marejados. A garota era muito boazinha.

— Eu era o menino que zoava você na escola.

Ele despejou as palavras depressa, como se arrancasse um curativo de culpa.

— Qual deles? — perguntou ela.

Nole ficou sem reação. A garota deu de ombros, franzindo o nariz.

— A turminha do ódio a Kara era bem grande — acrescentou.

— Eu comecei com a coisa do barulhinho, o "shiu", depois joguei os carrapichos em você.

Nole se sentia minúsculo, com meros centímetros de altura. Não compreendia como algum dia achara aquilo tão engraçado... Não só na época da escola, mas também ao contar para Sam.

— Ah, foi você? — questionou Kara, e focou os olhos azuis nele. — Foi mal, mas qual é seu nome mesmo?

— Nole Markham.

Ela assentiu.

— Acho que lembro. Você não tinha o cabelo tão comprido na época. E era mais magro também, não era malhado.

Nole corou. Era mesmo bem mirradinho no fundamental. O que o fizera achar que era tão incrível a ponto de tirar sarro de alguém? Enxugou os olhos ainda úmidos.

Kara ficou de pé e atravessou o quarto tão rápido que parecia ter voado, com movimentos elegantes e precisos.

Nole se empertigou, sem saber muito bem o que viria a seguir.

E, de repente, a jovem o abraçou.

Definitivamente, não era daquele jeito que ele imaginava que as coisas fossem se desenrolar.

A princípio, Nole só ficou ali parado, com os braços rígidos ao lado do corpo. Por fim, a combinação da gentileza sincera dela com o cheiro doce de mel que seu cabelo exalava o fez superar a resistência e retribuir o abraço, piscando para espantar as lágrimas.

Kara o soltou e recuou um passo. Estavam tão próximos que dava para ver todas as sardas e as manchinhas mais escuras nos olhos azuis da garota.

— Esse não foi um abraço de perdão — explicou ela. — Foi um agradecimento.

— Como assim?

A garota fez sinal para que ele se aproximasse. Nole o fez e se acomodou na cadeira da outra escrivaninha, que Kara puxou para ele. Depois ela voltou para a própria mesa e se virou para encará-lo.

Juntando as mãos diante de si, disse:

— Não vou te contar isso para aliviar sua barra depois de todo o bullying, mas você parece arrependido de verdade.

— E estou — respondeu Nole, com sinceridade. Ficou surpreso ao notar o quanto estava sendo honesto.

Depois de pensar por alguns segundos, Kara falou, hesitante:

—Vou te contar isso só porque aprendi algo com tudo o que aconteceu, e acho que posso passar o ensinamento adiante. Na época do fundamental, minha mãe me criticava por qualquer coisinha. Eu me sentia péssima.Você e os outros só me colocavam para baixo, o que não ajudava. Para falar a verdade, mal me lembro de você, mas nunca esqueço de como eu vivia sempre triste. Depois de um tempo, a chateação passou e comecei a sentir raiva. Decidi que cuidaria mais de mim. Gosto de dançar, então comecei a fazer isso por diversão, sabe, sozinha no meu quarto. Aí entrei em aulas, descobri que levo jeito para a coisa. Quando a música me arrebata, nada mais importa. Claro, minha mãe amou a escolha porque dançar me ajudava a perder peso, mas não parou com as críticas. Acho que, de certa forma, parte de mim sempre vai sofrer com isso.

Nole ficou de pé, abrindo a boca para argumentar, mas Kara avançou e o dissuadiu com um gesto.

— Não. Está tudo bem — garantiu ela. — Essa é a questão, entende? Toda a zoação me forçou a me amar, independentemente do que vejo no espelho ou do que os outros dizem sobre mim. Sei meu valor. Estou aqui porque consegui uma bolsa para estudar dança, sabe? Às vezes, quando algo ruim acontece, resulta em outra coisa boa.

Ele assentiu.

Kara o fitou.

— E eu te perdoo — acrescentou. — Pode ficar tranquilo. Eu estou ótima.

Os olhos de Nole ficaram marejados de novo, e ele os enxugou com as costas da mão.

A garota espiou por cima do ombro dele. Deu um tapinha no seu braço e apertou sua mão. Em seguida, ele saiu para o corredor, e Kara fechou a porta do quarto.

Nole se apoiou na parede. De repente, se deu conta de que já não sentia a presença à espreita.

Nada de penas.

O corredor estava vazio.

A enxaqueca havia sumido. Nole girou a cabeça de um lado para o outro e alongou os ombros, depois relaxou as costas. A tensão também havia desaparecido. Tudo estava bem. A sensação era de ter acabado de se livrar de uma mochila cheia de tijolos.

Com um sorriso, refez o caminho pelo alojamento. Acenou para as garotas na área comum. Enfim podia vê-las melhor. Estavam todas de collant, como Kara.

Ao sair, não ficou nada surpreso ao ver que o sol despontava por entre as nuvens.

Fechou os olhos e respirou o aroma dos cravos que cresciam numa floreira na extremidade do estacionamento. Não havia reparado nas flores antes.

Enquanto seguia até o carro, seu celular tocou. Tirou o aparelho do bolso e atendeu.

— Alô?

As duas primeiras palavras ditas do outro lado da linha o fizeram se deter no meio de um passo. Enquanto ouvia, começou a sorrir.

— Estou a caminho! — exclamou.

E correu até o veículo.

• • •

Sam aguardava o amigo na frente do prédio do curso de cinema.

— Sam! — gritou Nole, correndo naquela direção.

O garoto agitou a muleta no ar, depois pousou a ponta no chão. Nole o abraçou com força. Sam retribuiu o gesto como pôde, animado.

— Aí está meu idiota favorito — falou Sam. — Você não me contou onde estava...

— Eu fui... — Nole agitou a mão no ar. — Não importa. O que aconteceu?

Sam revirou os olhos.

— Pelo jeito, andei com você por tempo demais. Toda essa idiotice deve ser contagiosa.

Nole deu um soquinho no ombro do amigo.

— Ai! Ei, estou ferido — reclamou Sam, com uma piscadela. — Sério, dei uma de tonto. Saí andando nos trilhos do trem com música alta nos fones de ouvido.

— Tonto é uma ótima definição do que você foi.

Sam riu.

— Pois é. Enfim, aí virei bem a tempo de ver o trem e pulei para fora dos trilhos, mas nunca fui muito bom em saltar, então... Não só algo se enroscou em mim quando pulei — e apontou para o braço enfaixado —, como também perdi o equilíbrio e rolei barranco abaixo, quebrando a perna. Se minhas pernas fossem de tamanho normal, talvez tivesse me dado melhor.

Nole riu.

— Você e suas pernas... Supera, vai.

Sam o ignorou.

— Bem, eu tentei me arrastar de volta para cima, mas escorreguei e acabei rolando até o aqueduto. Foi quando desmaiei. Acho que fui parar num lugar bem escondido. Não ouvi ninguém gritando meu nome, e ninguém me viu até hoje cedo, quando meus pais voltaram com alguns policiais para uma nova busca.

Sam socou o braço do amigo.

— Feliz de ver você, cara — declarou.

— Não tanto quanto eu de ver você.

Nole percebeu que estava sendo sincero, bem sincero.

— E quero pedir desculpas — acrescentou.

Não queria abusar da sorte. O retorno de Sam não significava que o Pássaro Sombrio não existia mais.

— Desculpas pelo quê?

— Por ter sido um idiota quando te contei o lance do bullying. Você está certo, não tem a menor graça.

Sam acenou de novo com a muleta.

— Eu surtei naquele dia. Não foi nada de mais.

— Não — retrucou Nole. — Eu fui insensível, e isso não é legal. Sério.

O amigo balançou a cabeça.

— Não vou discordar, mas eu não devia ter sido tão hipócrita.

— Como assim?

— Não respondi quando você perguntou se eu tinha segredos — continuou Sam e, enquanto Nole aguardava, chegou mais perto. — Lembra que contei que sofri bullying?

O rapaz assentiu.

— Então, para me vingar, zoei de volta um dos otários que pegavam no meu pé. Preguei uma peça bem malvada nele antes de entrar na faculdade.

— Babaca.

Sam riu.

— Olha quem fala.

— Não, não... — replicou Nole. — Chega de clones idiotas.

— O quê?

Nole deu risada.

— Nada, é uma piadinha que tenho com a Amber.

— Está de conversinha com a Amber, é? Quero saber mais sobre isso. Está a fim de comer uma pizza?

— Sim, estou morrendo de fome. Não como desde cedo.

— Por quê?

— É uma longa história. Talvez eu te conte algum dia.

— Pássaro Sombrio vai obrigar você a falar — rebateu Sam.

O coração de Nole quase vacilou, mas logo o amigo caiu na gargalhada.

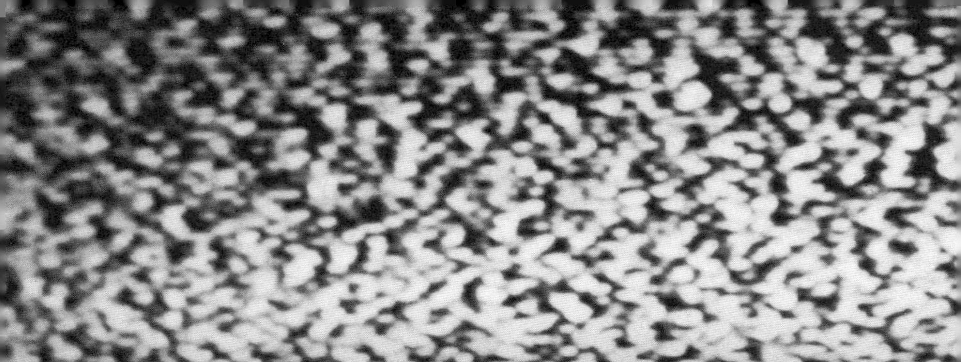

O JAKE DE VERDADE

O quarto infantil parecia abarrotado, mesmo com apenas duas pessoas lá dentro. Abarrotado de esperanças e pesares. De todo o potencial para ser muito mais do que era.

— Quero que você fique bem confortável.

Margie puxou Jake pelos ombros enquanto estendia a mão para ajeitar os travesseiros às costas dele. O ventilador de janela soprou um cacho do cabelo castanho-claro da mulher, cortado na altura dos ombros; a mecha se prendeu entre o nariz e a boca, lembrando um bigode. Margie estufou as bochechas e soprou o cabelo de volta para o lugar.

O menino tentou se lembrar da última vez que havia se sentido confortável. Talvez três anos antes, quando tinha seis?

Não importava o que Margie fizesse com os travesseiros, nada iria deixá-lo confortável. Ainda assim, Jake permitiu que ela se sentisse útil. A mulher estava se esforçando, e ele não queria que ela achasse que não era capaz de ajudar como desejava.

Acima do ruído do ventilador, Jake ouvia as crianças brincando no quintal do vizinho. Gritinhos de alegria alternados com risadas e um ou outro grito.

Quando inclinou a cabeça para enxergar pela janela além dos galhos do olmo, ele viu o arco de água do irrigador de grama. Havia dois jatos, na verdade, mas sabia que o segundo era apenas uma duplicata do primeiro. O ruído do ventilador engolia os demais, mas o garoto até imaginava o barulhinho característico do esguicho. Aquele era o som da diversão. Antes, Jake era uma criança que brincava com água e berrava de alegria. Quando passava dos trinta e poucos graus, a sra. Henderson sempre deixava as crianças transformarem o quintal dela num parque aquático.

— Jake?

O menino desviou o olhar da janela e o pousou em Margie. Ela também tinha uma imagem duplicada. Ambas o encararam com a testa franzida. Jake se concentrou em ignorar a duplicata, assim como fazia com tudo que via.

Seu "patinete" o fazia enxergar dobrado. Era irritante, mas já estava acostumado.

Margie fez carinho na careca do garoto. A palma de sua mão era cálida e áspera, muito diferente das da mãe de Jake. Ele não sabia se a lembrança era muito precisa, porque a mãe falecera havia quatro anos, mas recordava das mãos dela sendo macias. Ainda assim, gostava de receber cafuné de Margie. Quando acontecia, parecia estar um pouquinho mais perto de encontrar o esconderijo do tal conforto.

— Terra chamando Jake.

Pelo jeito, não tinha escutado os chamados de Margie. Aquilo andava acontecendo com cada vez mais frequência. Jake ficava feliz quando não estava onde de fato estava, então era difícil prestar atenção no que a mulher dizia.

— Perguntei se você quer uma sopinha de legumes.

Margie soprou o cabelo do rosto de novo, remexendo os lençóis da cama. Estava com as bochechas grandes coradas por causa do calor e com o rímel todo borrado.

Jake achava engraçado como Margie sempre usava maquiagem. Não era como se muita gente a visse. Na verdade, convivia basicamente com ele.

"Eu acho você bonita sem maquiagem", dissera o garoto certa vez. "Seus olhos são grandões. Parece uma princesa de desenho animado."

Apesar de ter adorado o elogio, Margie não parou de usar maquiagem.

"É coisa de menina", explicara ela.

Jake achava que ela usava maquiagem para o caso de algum cara bonito bater à porta. Ao ouvir essa teoria, Margie tinha rido e respondido: "Não estou disponível para caras bonitos. Tenho só vinte e sete anos. Sou jovem. Você é o único cara bonito de que preciso."

Mas o menino não achava que dava para ser jovem aos vinte e sete anos. Era três vezes a idade dele, e a essa altura Margie já era três anos mais velha do que na ocasião da conversa, pois vinha cuidando dele desde que o conforto ficara no passado.

Jake não queria dar trabalho, mas estava quente demais para tomar sopa, então não sabia se conseguiria manter a comida no estômago.

— Que tal uns biscoitos? — pediu.

Margie se sentou na beirada do colchão. Era ali que sempre se acomodava, mesmo que houvesse uma poltrona azul e verde do outro lado da cama. A carinha feliz na camiseta dela se retorceu como se desse uma piscadela para Jake. Às vezes ele piscava de volta, mas não estava no clima naquele dia. Estava fazendo justamente o que Margie dizia que ele nunca deveria fazer.

— Nada de chororô — retrucou ela, como sempre. — Também conhecido como "se achar um coitadinho", ou "fazer drama", ou "pobrezinho de mim", ou "ai, que dramalhão!".

Aquilo fazia Jake rir. Naquele dia, porém, não teve tanto efeito.

Lá fora, uma das gêmeas que moravam do outro lado da rua riu; tinha uma risada esquisita que soava como um relógio cuco, então Jake logo soube quem era. Em seguida, voltou a olhar pela janela.

Margie se inclinou na direção do garoto e, com delicadeza, usou os dedos para virar o rosto dele na sua direção.

— Sei que faz um tempão que você não brinca com seus amigos, mas logo, logo vai estar com eles de novo. Pode apostar.

Apesar de não concordar, Jake assentiu.

A mulher era adepta da filosofia do pensamento positivo. Vivia dizendo coisas como "Hoje é um dia perfeito para milagres", "Tudo vai melhorar", "Isso também há de passar", "Está tudo bem" e "Depois da tempestade vem a bonança". Ela tinha um zilhão de camisetas de carinhas felizes com chapéus, roupas e expressões diferentes. Certa vez, Jake perguntara onde ela as arranjava, e Margie respondera que um amigo era dono de uma fábrica de roupas. Tinha até mandado fazer uma peça para o garoto, estampada com uma carinha feliz usando um boné de beisebol com o escudo do seu time favorito. Antes Jake quase não a tirava, mas fazia um tempo que não sentia vontade de vestir a camiseta.

Vendo que o menino não diria nada, Margie respondeu:

— Fechou, então vamos comer biscoitos.

— Valeu — agradeceu.

Ela deu um tapinha no joelho dele, depois espantou uma mosca.

— Como você veio parar aqui, bichinho? — perguntou Margie para o inseto.

Jake espiou o furo do tamanho de uma moedinha na tela do mosquiteiro, mas não delatou o caminho secreto utilizado pela mosca. Gostava quando insetos apareciam. Curtia ver os bichos voando pelo quarto, e adorava ouvir seu zumbido. Alguns anos antes, ele tinha ganhado um notebook e um tablet do pai para fazer a lição de casa e pesquisar as coisas. O tablet ficava sempre na cama — Jake tinha mil perguntas sobre tudo, e o aparelho era como um portal mágico para as respostas.

Segundo a internet, moscas viviam apenas vinte e oito dias. Menos de um mês. Devia ser por isso, imaginava ele, que estavam sempre voando a toda a velocidade de um lado para o outro. Tinham que se apressar para viver tanto quanto fosse possível. Essa ideia o fazia se sentir idiota por ficar tanto tempo ali deitado. Por que não saía voando por aí como as moscas?

Bem, porque não podia.

Jake percebeu que Margie estava indo até a porta, com os braços cheios de toalhas que usava para limpar a sujeira que ele fazia quando passava mal. Aquele era o segundo dia do ciclo mais recente de tratamento, e estava sendo pior do que de costume.

— Margie?

Ela se virou, abrindo um sorriso.

— Fala, carinha.

— Quando meu pai vai ligar?

O sorriso de Margie vacilou.

— Não sei, meu bem.

A mulher pousou as toalhas na escrivaninha que ele não usava fazia um tempo, depois voltou para a cama e se sentou de novo.

— Você sabe que ele liga sempre que pode, certo?

Jake assentiu.

— E sabe que ele pensa em você o tempo todo? — continuou ela.

O garoto franziu a testa e balançou a cabeça.

— Acho que não.

Margie ergueu uma sobrancelha.

— Por quê?

— Ele é um bom soldado, certo?

— Claro que é — respondeu ela.

— Então precisa se concentrar no que está fazendo. Aposto que não pensa em mim quando está focado no trabalho. Mas tudo bem. Não quero que ele se distraia e acabe atirando no próprio pé, sei lá.

Com esforço, Jake ergueu os braços para simular o acidente bobo. Depois abriu um sorrisinho desanimado para Margie.

Ela riu.

— Verdade, isso seria péssimo.

Jake se juntou a ela na frase seguinte:

— Bota péssimo nisso.

Os dois riram juntos.

— Vou lá buscar seus biscoitos.

Margie ficou de pé, se inclinou e deu um beijo na testa de Jake, que reparou que os olhos dela estavam marejados. Sabia o motivo, então não disse nada. Em vez disso, perguntou:

— Pode trazer bastante?

— Claro. Está com mais fome do que o normal?

— Não, pior que não. Só estava pensando que é meio chato não oferecer nada para o Simon quando ele vem me visitar. Esse é o certo, né? Oferecer comida e bebida para as visitas...

Margie ficou ressabiada.

— Eu não sabia que o Simon comia.

Jake riu.

— Ué! Lógico que come.

— Achei que ele morava no armário.

— E mora mesmo.

Margie inclinou a cabeça.

— Quer dizer que tem comida lá dentro? — quis saber ela.

Jake deu de ombros.

— Não sei onde ele arranja comida. Mas ontem, a gente conversou sobre nossos sabores de bolo preferidos. Ele disse que gosta mais de bolo de chocolate, igual a mim.

— Ah, então quer dizer que o Simon gosta de chocolate?

— Gosta. E de manteiga de amendoim. Eu também. Mas ele não curte comer com banana, então arranca os pedacinhos de fruta sempre que recebe um sanduíche de banana com manteiga de amendoim.

— Ah, é mesmo?

Jake assentiu.

Margie balançou a cabeça, sorrindo.

— Certo. Vou trazer mais biscoitos, então.

— Sério?

— Bom, a gente não pode tratar mal o Simon.

Margie deu uma piscadinha, e Jake concordou com um aceno.

— Verdade. Acho que vou ter que pedir desculpas para ele.

— Por quê?

— Porque nunca ofereci nada para ele comer.

— Aposto que o Simon não ficou chateado.

O garoto fez uma careta.

— Assim espero.

Margie apertou o pé dele.

— Eu *garanto* que não ficou.

E seguiu na direção da porta.

Jake a observou percorrer os poucos metros entre a cama e a escrivaninha, onde havia deixado as toalhas. Acima delas, o pôster do personagem robótico preferido do garoto tinha se enrugado todo por causa da umidade do ar. Uma das pontas se agitava com a brisa do ventilador.

Quando Margie saiu do quarto, Jake olhou ao redor, fitando cada uma das artes expostas na parede. Havia dois temas principais: beisebol e filmes de ficção científica. Uma pintura que combinava suas duas coisas favoritas estava pendurada acima do pequeno armário branco na parede oposta à janela. O pai a encomendara a um amigo artista, que tinha idealizado uma partida de beisebol na lua. Jake adoraria ver algo parecido na vida real, mas sabia que nunca poderia.

Ele revirou os olhos para si mesmo.

— Ai, que dramalhão! — falou em voz alta.

Voltou a analisar o quarto. As cortinas verdes com estampa de beisebol balançavam num ritmo espasmódico, acompanhando as rotações do ventilador. Jake contemplou mais uma vez a imagem da partida de beisebol lunar. Em seguida, voltou o olhar para o armário.

O móvel devia ter cerca de um metro de altura e sessenta centímetros de largura e viera com a casa — era o que o pai dizia, ao menos. O garoto não usava o armário e mal pensava nele... até pouco tempo. De repente, o móvel havia se tornado algo importante, pois seu novo amigo, Simon, morava ali dentro.

Jake pegou o tablet. Queria ver se conseguia bater o recorde do joguinho de matemática. Quando o aparelho ligou, ele conferiu o horário. Ótimo. Já tinha passado das cinco — faltavam só quatro horas para ir dormir.

O menino amava a hora de deitar. Era sua parte preferida do dia — além do tempo que passava dormindo. Era sempre mais divertido do que estar acordado. Nos sonhos, podia fazer coisas que eram impossíveis em qualquer outra circunstância. Mas a hora de ir deitar era ainda melhor do que sonhar. Era quando Simon aparecia para uma visita.

No porão, Margie colocou o último monte de toalhas sujas na velha máquina de lavar e apertou o botão, dando um tapinha afetuoso na tampa branca desgastada enquanto o ciclo começava com sua eficiência de sempre. A mulher tinha quase certeza de que o eletrodoméstico e a secadora guerreira ao lado eram relíquias de outra era, mas continuavam firmes e fortes. O que era ótimo, porque cuidar de Jake envolvia lavar muita roupa; além disso, Margie acreditava que Evan, pai de Jake, não teria dinheiro para arcar com novos aparelhos. A julgar pela patente dele, suspeitava de que o homem mal era capaz de arcar com o *salário* dela. Ele pagava melhor do que a maioria dos clientes — e a verdade era que, àquele ponto, Margie aceitaria até trabalhar de graça, se necessário. Amava Jake como se fosse seu filho.

E era justamente aquilo que tornava tudo tão difícil.

Margie se sentou na cadeira de praia azul desbotada que, por razões que lhe fugiam à compreensão, ficava armada diante das prateleiras ao lado da escada. Ela tinha que subir e buscar os biscoitos de Jake, mas antes precisava descansar por um minuto.

O porão era fresco comparado ao resto da casa. Não pela primeira vez, a mulher desejou que pudessem colocar a cama de Jake ali. O quarto dele ficava muito abafado com o sol da tarde. O problema, porém, era a umidade do porão. A rádio e a quimioterapia tinham aniquilado o sistema imunológico do menino. Uma simples gripezinha poderia matá-lo.

Margie piscou para espantar as lágrimas e encarou as ferramentas, os jogos e os itens de acampamento atulhados em prateleiras de metal na parede. Algumas dezenas de caixas etiquetadas por ano sugeriam memórias que a família havia construído antes de tudo virar de cabeça para baixo. Primeiro, o assassinato da mãe de Jake. Depois, o adoecimento do garoto. Não era justo.

Ela pegou o celular, abriu o aplicativo de gravação e começou a falar.

— Segundo dia do ciclo mais recente de quimio. O dr. Bederman está esperançoso, mas avisou hoje que Jake só pode passar por mais dois ciclos. Ele já ultrapassou o número normal de sessões de acordo com o protocolo, e o tumor continua crescendo.

Fez uma pausa, engoliu em seco e prosseguiu:

— Mas depois da tempestade vem a bonança. Não vou perder as esperanças. Ninguém vai. Todos os médicos estão se esforçando para encontrar a combinação certa de tratamentos. Todas as enfermeiras torcem por Jake. Ele é o queridinho da ala oncológica... E como não seria? É um menino tão bonzinho... Tão grato por tudo que fazem por ele. Digo, mesmo quando o estão cutucando com agulhas ou enfiando um monte de remédios nas suas veias a ponto de o fazer botar tudo para fora, ele ainda diz "Obrigado por cuidar de mim". Ele é um anjo. Um anjinho, poxa.

Margie correu a mão pelo cabelo úmido. Pegou a babá eletrônica que sempre carregava no bolso. Estava ligada, claro, mas ela conferia a tela compulsivamente quando ia ao porão ou precisava sair para botar o lixo para fora e cortar a grama. Pelo menos demoraria algumas semanas para ter que aparar o jardim de novo — estava tudo ressecado e marrom por causa do calor. Às vezes, quando olhava para a grama esturricada e as plantas murchas que cercavam a casa, sentia que a vegetação tinha se transformado em Jake: o resto da propriedade perdia a graça à medida que a luz do menino se desvanecia.

Tornou a espiar a babá eletrônica. Queria estar de olho caso Jake a chamasse — o que quase não acontecia. Em geral, ele apenas a esperava voltar para pedir algo. Certa vez, ao chegar ao quarto, Margie percebera que o menino tinha vomitado nas próprias roupas e não pedira ajuda. "Eu sabia que você estava no porão. Não queria fazer você subir a escada mais vezes do que já sobe", dissera ele.

Um anjinho.

Margie voltou a ligar o gravador.

— Queria ter começado a registrar tudo no meu primeiro dia aqui, mas acabei de arranjar este celular e baixar este aplicativo. Quero gravar tudo de que consigo lembrar sobre estar com Jake e manter registros diários a partir de agora.

Ela suspirou.

— Não achei que passaria tanto tempo aqui. Era para ser um trabalho provisório, só porque não consegui começar meu estágio e precisava pagar as contas. Além do mais, Evan estava desesperado para encontrar alguém que cuidasse do Jake. E aí, claro, me apaixonei por esse menino e... Bom, posso estudar fotografia e ilustração mais para a frente, depois que ele melhorar.

Margie apertou o botão de pausar. Ouviu a falsidade na voz quando disse depois que ele melhorar. Estava mais preocupada do que queria admitir.

Retomou a gravação.

— Jake tem o que ele chama de "patinete". Na verdade, é uma brincadeira com a sigla em inglês, PNET, que significa tumor neuroectodérmico primitivo. É só um nome chique para tumor cerebral. No caso dele, o PNET é mais especificamente um pineoblastoma. Quando Evan explicou isso do jeito que dava, Jake falou: "Legal, então eu tenho um patinete!" Ele mal tinha seis anos na época. Agora, tenho certeza de que não acha tão legal assim. Já passou por todos os tratamentos possíveis para esse tipo de tumor, e nada adiantou. As dores de cabeça e a visão dupla estão piorando. Tentaram remover o tumor, mas não conseguiram retirar tudo, e ele voltou a crescer e não parou mais. Não vou perder as esperanças, mas...

Ela parou de gravar. Não ia registrar o que a neuro-oncologista de Jake dissera. *As estatísticas estão contra ele.* Se registrasse, só tornaria aquilo real.

A máquina de lavar chacoalhou ao acabar de bater as toalhas e começou a drenar a água cheia de sabão. Margie havia passado muito tempo ali embaixo. Voltaria às gravações mais tarde, depois que Jake tivesse ido dormir.

— Hora de deitar.

Margie se inclinou e deu um beijinho na testa de Jake.

Os lábios dela estavam melecados de gloss, mas o garoto sempre a esperava ir embora antes de limpar a testa. Então, só sorriu e abraçou mais o brinquedo — um taco de beisebol de pelúcia chamado Taquinho. Margie o fizera para ele pouco tempo depois de começar a trabalhar como sua cuidadora.

Três anos antes, o menino tinha anunciado que estava grande demais para ter ursinhos de pelúcia, mas se arrependera na mesma hora. Adorava seu urso, mas sempre que o pai o chamava de "meu rapazinho", Jake se sentia um bebê por querer dormir abraçado a alguma coisa. Adorar um taco de beisebol, porém, mesmo que fosse um macio, felpudo e com carinha sorridente, era mais adulto do que abraçar um ursinho. Margie o entendia.

Por mais que Jake o amasse, Taquinho estava ficando com mau cheiro. O menino vomitara em cima dele só uma vez e Margie havia limpado tudo, mas a pelúcia tinha começado a absorver o cheiro de todos os remédios que fluíam pelo corpo de Jake. Dava para sentir o fedor no suor, o que ele odiava.

— Boa noite, Margie — disse o garoto.

— Boa noite, meu bem.

Jake fechou os olhos.

Costumava esperar Margie sair do quarto, mas naquele dia os fechou antes para que ela fosse embora mais rápido. Não porque não gostava da mulher; ele a amava, mas Simon não apareceria enquanto ela ainda estivesse ali.

Em geral, fechar os olhos funcionava. Naquela noite, porém, não surtiu efeito: a cuidadora não saiu.

O menino não tinha revelado que Simon só aparecia depois que as luzes estavam apagadas e ele ia dormir. Margie parecia acreditar em tudo que Jake contava sobre o amigo, mas ele suspeitava de que a cuidadora poderia ficar chateada se soubesse que Simon só dava as caras depois que ela desejava boa-noite e saía.

Por isso, o menino se forçou a respirar mais devagar para parecer que já havia adormecido. Mesmo assim, Margie não arredou o pé. Jake sabia muito bem que ela o estava observando. Era algo que fazia de tempos em tempos. Ficava sentada na beirada da cama, achando que ele já tinha caído no sono. A verdade era que, na maioria das vezes, porém, ele estava só fingindo.

Jake imaginava o que Margie via ao olhar para ele. Será que enxergava a mesma coisa que ele quando se espiava no espelho? Será que também via um menino careca com pele cinzenta, olhos verdes embaciados e olheiras profundas? Fazia um bom tempo que ele não via Jake — o Jake de verdade. Mas se lembrava dele. Aquele Jake tinha um rosto redondo e repleto de sardas, olhos verdes brilhantes, um sorrisão e uma cabeleira castanha que vivia caindo sobre os olhos.

O colchão se mexeu, e ele soube que Margie tinha levantado. Esperou ouvir o piso de madeira ranger na altura entre o tapete verde sob a cama e a porta. Depois de escutar o barulho, sabia que demoraria só mais alguns minutos... Só mais uns minutinhos até que Simon aparecesse.

Quando Margie fechou a porta do quarto, Jake se encolheu e abraçou Taquinho, à espera.

Enquanto aguardava, começou a contar. Estava no dezessete quando ouviu a voz vinda do armário.

— E aí, Jake?

Na primeira noite em que falara com Jake, Simon explicara que ficaria no armário até o garoto estar bem o bastante para andar até ali, abrir a porta e o encontrar. "Quando vier aqui, vou estar esperando por você."

No começo, Jake tinha achado aquilo esquisito. Não queria que Simon fosse embora, então aceitara a condição. Às vezes, se perguntava por que Simon só falava com ele de dentro do armário, mas as conversas com o melhor amigo eram tão divertidas que até se esquecia do assunto.

— Mas e aí, me conta: o que você fez hoje? — perguntou Simon.

Jake suspirou.

— Não foi um dia muito bom. No segundo dia de químio eu normalmente já estou melhor, mas vomitei um monte e...

Simon soltou um muxoxo.

— Não... Quero saber o que o Jake *de verdade* fez hoje.

— Ah, entendi.

O menino não sabia muito bem por que sempre esquecia as regras de Simon: não devia contar as coisas como eram. Devia falar sobre o que aconteceria caso ele fosse um garoto normal, que fizesse coisas normais.

Jake sorriu.

— Eu joguei... Ah, espera. Quase esqueci! Quer biscoito? Guardei uns para você.

Ele apontou para o prato na mesinha de cabeceira, ao lado de um copinho de suco, pois Margie dissera que Simon precisaria de algo para tomar com os biscoitos.

— Que legal da sua parte, Jake — respondeu Simon. — Mas não quero, valeu. Vou continuar aqui até chegar o dia em que você puder me encontrar.

Jake percebeu que não tinha pensado direito em como seria caso Simon aceitasse comer.

— Posso empurrar os biscoitos até a porta do armário — sugeriu.

Simon deu risada.

— Relaxa. Já é ótimo você ter me oferecido. Fiquei bem feliz. Valeu.

— De nada.

— Agora, me conta o que você fez hoje.

— Ah, então, eu brinquei no esguicho do jardim com meus amigos.

— Quais?

— Os filhos dos Henderson, sabe? A Patty, o Davey e a Vic. As gêmeas do outro lado da rua, a Ellie e a Evie, também estavam com a gente, além do Kyle Clay e do Garrett da rua de trás. Nós queríamos ver quem escorregava mais longe no sabão.

— Você escorregou na grama molhada? — A voz de Simon, que já era um pouco mais aguda, ficou ainda mais estridente de empolgação. — Eu também fiz isso hoje! — exclamou. — E sujei os joelhos no gramado. Eles ainda estão verdes!

Jake riu.

— Os meus também.

— Que demais! O que mais você fez?

— Bom, antes de brincar na água, a gente jogou softbol no parque. É por isso que foi tão bom depois. Estava quente demais, e eu suei que nem um porquinho.

— A grama estava seca? Parecia um deserto quando eu saí para brincar, então ralei o joelho na primeira escorregada. Você precisava ver as casquinhas!

— Eu também me ralei — contou Jake. — Mas não muito. Nem doeu.

— Também não senti nadinha, mas agora meus joelhos parecem uma lixa. Achei divertido. Uma vez meu pai disse que esses machucados são tipo uma condecoração de honra.

— Hum, gostei disso.

Jake sorriu e estendeu a mão para tocar o joelho imaculado. Imaginou a pele áspera. Se fechasse os olhos e se concentrasse, poderia fazer os dedos acreditarem que a pele estava toda ralada. Dava até para sentir a leve ardência.

— Mas e aí, você chegou?

— Cheguei aonde?

— Na primeira base. Quando escorregou jogando softbol...

Jake sorriu.

— Claro. E alcancei a segunda também.

— Aí, sim! E depois, o que aconteceu?

— Aí mergulhei para chegar à terceira base.

— Uau, que demais!

— Tentei completar a volta no arremesso seguinte, mas a bola não foi muito longe, e Clay a pegou com facilidade, então tive que voltar rapidinho para a terceira base.

— Lata de milho.

— O quê?

— Meu avô chamava esse tipo de bola fácil de pegar de "lata de milho".

— Como assim?

Simon soltou uma risada.

— Você sempre quer saber os porquês, né?

— Claro.

Jake teria pesquisado no tablet, mas naquele momento sentia que nem conseguiria abrir os olhos.

— Eu também, então perguntei para meu avô. Ele disse que essa história de "lata de milho" pode ter surgido por diversos motivos. A primeira explicação é que, antigamente, as mercearias tinham prateleiras bem altas. Os donos, que segundo meu avô eram chamados de merceeiros, usavam uns bastões compridos para derrubar as latas das prateleiras mais altas, depois as pegavam com o avental. Milho era o legume enlatado mais popular, então surgiu essa expressão.

— Acho que vi algo assim num filme de faroeste uma vez.

— Pois é, eu também! A cena era igualzinha à descrita pelo meu avô.

— Qual é a outra origem para o nome?

— A outra... Ah, então, meu avô disse que a expressão pode ter surgido muitos, muitos anos atrás, quando o pessoal praticava esportes nos milharais.

— Que legal.

— É mesmo, mas já pensou como devia ser difícil achar a bola embaixo daqueles pés de milho altões? Devia ser tipo jogar beisebol e brincar de esconde-esconde ao mesmo tempo.

Jake riu.

— É engraçado imaginar.

Simon também deu risada.

— Mas e aí, o que aconteceu no fim? No jogo?

— Ah, então, Vic acertou uma rebatida dupla, aí corri para o home plate.

— Incrível!

— Foi legal.

— E o que vocês fizeram depois?

— Ah... A gente foi tomar sorvete.

— Huum, adoro sorvete. Qual sabor você escolheu?

— Chocolate, né? Óbvio...

Simon deu uma gargalhada.

— Também tomei sorvete de chocolate hoje! E acabei sujando um pouco a camiseta. Você também?

— Sim, acredita? Caiu uma gotinha bem na minha roupa!

— Às vezes as manchas de chocolate não saem lavando. Eita... Se isso acontecer com as nossas camisetas, a gente vai se lembrar desse sorvete por um tempão, né?

— Com certeza — concordou Jake, depois bocejou.

— Você parece meio cansado... Que tal eu voltar amanhã à noite?

A vontade de Jake era dizer que conseguia ficar acordado mais tempo, mas não seria verdade.

— Pode ser. Eu ia adorar se você voltasse.

— Eu também. Boa noite, Jake.

— Boa noite.

Margie já estava acordada quando o telefone tocou. Era logo cedo pela manhã, e ela torceu para que Jake ainda estivesse dormindo, pois assim poderia fazer uma surpresa.

— Oi, Evan — disse ao atender.

— Oi, Margie. Como vai meu rapazinho?

— Forte como o pai.

Evan riu.

— Esse tipo de elogio não funciona com soldados.

Margie abriu um sorriso.

— Achei que valia a tentativa.

— A sessão de quimio foi muito puxada?

— Foi. Uma das piores até agora. Ainda não entendo como um tratamento pode deixar o menino naquele estado.

— Pois é... Com sorte, algum dia vão encontrar uma alternativa melhor.

Margie ouviu alguém gritar do outro lado da linha.

— Tudo certo aí?

— Tudo. São só os caras dando uma extravasada.

— E você faz isso às vezes, Evan?

— O quê?

— Dar uma extravasada...

— Eu? Não. Não tenho por que extravasar o que me mantém motivado.

Ela riu.

— Tem alguma coisa para me contar? — continuou Evan.

Margie se lembrou de ir direto ao ponto, assim o homem certamente teria tempo de falar com o filho. Nunca dava para saber quando a ligação poderia ser interrompida.

— Já te mandei um e-mail sobre a quimio, então não. Já está atualizado.

— E você?

— O que tem eu?

— Como você está?

— Bem. Digo, não *bem*, mas eu ficaria nas nuvens caso soubesse que outras pessoas, em especial você e Jake, estão tão bem quanto eu.

— Isso é ótimo, então.

Evan deu uma risadinha e Margie riu de novo. Amava como aquele homem do outro lado do mundo — aquele *viúvo* com um filho muito doente, aquele *soldado* metido numa situação de vida ou morte quase todos os dias — sempre a fazia rir.

Ela ficou de pé e foi até o quarto de Jake.

— Acho que você está pronto para falar com ele, certo? — perguntou para Evan.

— Sim, não vejo a hora.

Margie empurrou a porta e o garoto ergueu a cabeça. Ela mostrou o telefone que tinha em mãos.

— É seu pai.

Jake se endireitou e sorriu. Nos olhos dele, lampejou por um instante aquele brilho antigo, mas a dor logo se sobrepôs.

— Pronto, fala aqui com seu rapazinho — despediu-se Margie ao telefone.

— Se cuida, hein? — disse Evan.

Ela não respondeu, e logo entregou o aparelho para Jake.

— Oi, pai!

Margie ajeitou os travesseiros atrás do garoto para que ele pudesse relaxar, mesmo sentado. Jake sorriu para ela e afirmou para o pai, em tom brincalhão:

— Sim, a Margie anda sendo malvada comigo, como sempre. Muito malvada.

A risada do menino ainda ecoava pelo recinto quando ela saiu.

Naquela noite, Jake esqueceu de novo o acordo e tentou contar a Simon sobre a conversa com o pai e a consulta com o dr. Bederman. Como sempre, o amigo apenas respondeu:

— Quero saber como foi o dia do Jake *de verdade*.

— Ah, é mesmo.

Jake não entendia por que não conseguia se lembrar do combinado, mas se preocuparia com isso mais tarde.

— Então, meu pai e eu fomos ao cinema hoje.

Na cabeça dele, o Jake de verdade tinha um pai que morava na mesma casa e o levava para passear.

— Sério? Viram qual filme?

— Um de ficção científica sobre robôs.

— Olha só, que demais! Também fui ao cinema. Comi pipoca. Vocês também?

— Sim!

— Aposto que você ficou com a boca e a roupa todas melecadas de manteiga. Algum milho ficou preso no dente? Imagino que sim.

— Acertou. Bem entre os dentes da frente.

— Que demais. O que mais você fez hoje?

— Meus amigos e eu construímos uma fortaleza de galhos no quintal.

— Os mesmos amigos de ontem?

— Isso. Estava quente, e a gente precisava de mais sombra. Então *construímos* uma. Digo, não exatamente, mas construímos uma fortaleza para fazer sombra.

— Amo construir essas coisas. Também brinquei disso hoje. Uma farpa entrou no meu dedo, acredita?

Jake flexionou o indicador.

— Pois é, também entrou uma no meu.

— Ainda estou com a marquinha marrom na ponta do dedo, bem onde a farpa espetou.

— Outra condecoração de honra?

— Isso mesmo.

• • •

Margie se espreguiçou na cama de solteiro, que ficava aninhada sob os beirais do quarto cavernoso. Antes, sempre desejara ter mais do que seu um metro e sessenta de altura; desde que começara a trabalhar para Evan, porém, ser baixinha se mostrara uma vantagem. O bangalô do homem era pequeno, com uma sala de estar, uma cozinha minúscula, dois quartos e um banheiro no térreo; havia ainda um quartinho pequeno com teto inclinado na parte de cima, que Evan chamava de "meio andar". O espaço costumava servir como escritório, mas assim que Margie aceitara o emprego, o homem havia limpado tudo para instalar uma cama de solteiro, uma mesinha de cabeceira e uma escrivaninha minúscula digna de casa de boneca. O mobiliário era esparso, mas o cômodo tinha prateleiras e armários embutidos. Havia também uma janela com vista dos galhos superiores das macieiras do quintal. Uma das árvores ficava a meros centímetros das vidraças. No ano anterior, Margie colhera uma maçã do próprio quarto. As árvores lhe davam a impressão de estar vivendo numa torre no meio do mato, como a princesa dos desenhos animados com quem Jake dissera que ela parecia.

Naquele momento, boa parte da janela estava encoberta por um ventilador de pedestal fraco demais para arejar o cômodo. O cabelo de Margie voava na testa, grudando à pele. Ela odiava ter que usar o ventilador na velocidade máxima, porque o som era quase tão alto e desagradável quanto o de um motor de carro. Aquilo a deixava nervosa, porque tinha medo de não escutar caso Jake a chamasse.

Margie pegou o celular e abriu o aplicativo de gravação de voz.

— Jake mal comeu hoje à noite, só um ou outro biscoito. Se eu não o conhecesse, acharia que ele odeia minha comida.

Ela riu, mas o som saiu forçado.

— Eu conheço ele. Quando cheguei, Jake estava se entupindo com meu macarrão com queijo e minha lasanha — continuou, com um suspiro. — Agora, já faz um tempo que anda sem apetite.

De repente Margie parou, aguçando a audição. Encarou a babá eletrônica pousada sobre a mesinha de cabeceira, ligada no volume máximo. Jake tinha feito algum barulho? Não. Nada.

Por fim, deixou o celular de lado e se forçou a dormir. Queria saber se, daquela vez, o próprio cérebro iria obedecer.

Na noite seguinte, Jake contou a Simon sobre a pizza que dividira com os amigos depois de brincarem com o esguicho de novo.

— Eu também comi pizza! — exclamou Simon. — Você sujou as roupas e o rosto de molho de tomate? Eu com certeza sujei as minhas!

Jake riu.

— Pior que sujei também. Acho que ainda está tudo lambuzado, na verdade.

Ele teve a impressão de sentir o gosto de tomate e alho no canto da boca. Uau. Estava ficando bom naquela história de imaginação, porque seu jantar tinha consistido em uma ou outra garfada de ovo mexido e dois pedacinhos de torrada. Ele se sentia mal por desperdiçar comida. Quando contara aquilo a Margie, ela o acalmara dizendo "Não esquenta com isso. Vou embalar tudo e enviar para alguma criança que não tem o que comer".

Aquilo arrancara uma gargalhada alta do garoto, com direito a um barulho que lembrava um porquinho. Não conseguia imaginar uma marmita de ovo mexido sendo enviada pelo correio.

"Mas ia estragar", argumentara ele, aos risos.

"O que seria péssimo", respondera Margie.

"Bota péssimo nisso", tinham acrescentado ambos, em uníssono.

"Escuta", começara Margie. "Que tal a gente doar parte da sua mesada para alguma instituição que ajuda a alimentar crianças carentes? Isso faria você se sentir melhor?"

Jake sentira uma pontada de empolgação.

"Muito!"

"Combinado, então."

— O que mais você fez? — perguntou Simon, despertando o menino daquele torpor.

Na mesma hora, ele se sentiu mal por estar pensando em Margie enquanto o amigo estava ali.

— Hã, então... Depois da pizza, a gente foi até a casa das gêmeas. Elas têm ar-condicionado, e estávamos com muito calor.

— O que mais fizeram lá?

— Pintura de dedo, acredita? Não brincava disso desde que era pequenininho.

— Ah, eu amo pintar assim. Toda aquela tinta fresquinha e melequenta... Também pintei hoje, e estou com cada unha suja de uma cor. Você também? Aposto que sim!

Jake sorriu ao pensar num arco-íris de cores sob as unhas.

— Sim, aconteceu a mesma coisa comigo. Agora meus dedos parecem um arco-íris.

— Exato! Os meus também!

O garoto pensou em fazer mais algum comentário sobre as tintas; em vez disso, bocejou.

— O cansaço bateu aí? — perguntou Simon.

— Um pouquinho.

— Tudo bem. Vou embora, assim você pode dormir. Mas, olha, não se esquece do que te falei. Só vai poder vir abrir a porta do armário *depois* que estiver bem para andar por aí. Vou estar aqui esperando quando chegar a hora, beleza?

— Beleza.

Margie saiu para espairecer no alpendre antes de ir para a cama. Um movimento no quintal dos Henderson a sobressaltou, e ela se virou para analisar a penumbra.

— Opa, foi mal — falou Gillian Henderson, baixinho. — Sou eu.

A vizinha entrou no alcance do feixe de luz da lâmpada da varanda. Usava um maiô azul-claro e uma camiseta azul mais escura. E estava encharcada.

De repente, Margie reparou no som ritmado do esguicho no gramado de Gillian.

— Você estava brincando com água?

A mulher sorriu. Alta e de ombros largos, Gillian tinha o rosto enrugado e o cabelo bagunçado e desbotado feito uma esposa de fazendeiro, mesmo sendo casada com um contador. Certa vez, confessara a Margie que havia adquirido aquela aparência depois de tanto correr atrás das crianças da vizinhança. Como Gillian era uma dona de casa com paciência infinita, a garotada se juntava para brincar lá. E, apesar de ter a casa cheia de crianças todo dia, a mulher sempre perguntava a Margie se podia ajudar com algo. Gillian devia ser pelo menos uns quinze anos mais velha, achava Margie, mas as duas tinham virado boas amigas.

— Diversão não é só coisa de criança — argumentou a vizinha. — E eu estava com tanto calor que tinha certeza de que entraria em combustão.

Margie riu.

— Nem me fala.

— Quando as crianças estão acordadas, não querem a mãe brincando com o esguicho. É *constrangedor* para elas — continuou, imitando a voz da filha.

— Já chegaram nessa idade?

— Acho que já *nasceram* com essa idade — retrucou Gillian.

Margie deu outra risada.

— Ei, quer vir comigo? — questionou a vizinha.

A cuidadora olhou para a camiseta e o short que vestia.

— Claro, por que não?

Depois, hesitou. A babá eletrônica. Tirou o aparelho do bolso e o conferiu. Não podia deixar que ele se molhasse.

Gillian a viu encarando a telinha.

— Espera aí.

E saiu trotando na direção de casa.

Margie a ouviu abrir e fechar a porta rangente de tela. Um veículo passou na rua, e ela ergueu o rosto para tentar achar a Ursa Maior. Identificou a constelação segundos antes de escutar o ranger da porta de novo. Fitou a construção de dois andares no estilo Craftsman onde Gillian morava. A arquitetura lembrava a casa de Evan, mas a da vizinha parecia quatro vezes maior.

A mulher correu até ela.

— Toma.

Entregou a Margie um saco plástico com lacre.

— Você ainda vai conseguir ouvir caso o Jake chame, mas pelo menos a babá eletrônica não vai molhar.

— Você é um gênio.

— Eu sou mãe. Resolver problemas é minha especialidade.

Margie jogou o aparelho no saco plástico.

— Vem — chamou Gillian.

Margie se permitiu ser puxada até o quintal.

Lá, elas começaram a se molhar com o esguicho como se fossem duas garotinhas. Corriam de um lado para o outro, entrando e saindo do jato, girando e pulando conforme brincavam na água e dançavam por todo o gramado encharcado. Com os pés mergulhados na lama e o rosto molhado, Margie não se lembrava da última vez que se sentira tão leve e livre.

Depois de cerca de meia hora, pararam no alpendre da casa de Evan e, ainda ensopadas, se largaram esparramadas nos degraus. Margie percebeu que não sentia os músculos tão relaxados havia meses.

Por vários minutos, arfaram e pingaram sem falar nada. De repente, Margie começou a chorar.

Gillian a envolveu pelos ombros e a puxou para perto.

— É uma droga — falou a vizinha. — É uma grande droga. Ele é um menino de ouro.

— É mesmo — concordou Margie. — Ele é, sim.

Na manhã seguinte, pouco antes do meio-dia, Jake ouviu uma batida na janela. Notou que alguém o chamava pelo nome, então espichou o pescoço para enxergar além do ventilador.

Os raios de sol atravessavam o vidro, avançando até quase o outro lado do quarto. O suor escorria pelas costas do garoto.

— Jake? Você está aí?

Com uma careta, ele se ajeitou até estar quase sentado.

— É você, Brandon?

— Isso, sou eu. Vim saber se você quer dar uma fugidinha.

O rosto comprido de Brandon surgiu na janela. A telinha distorcia suas feições.

— Poxa, eu... não posso. Não é bom nem eu me levantar sem ajuda. Não sei se devia sair.

— Sim, mas e se você quisesse sair?

Brandon pressionou o rosto na tela até seu nariz ficar todo torto. Depois, começou a fazer caretas para Jake.

O menino riu. Olhou para a porta entreaberta do quarto. Não sabia muito bem onde Margie estava, mas não devia ser muito longe. Quando tinha que sair, chamava a sra. Henderson para ficar de olho em Jake, e a vizinha sempre ia dar um abraço nele quando chegava. Mas Margie não saía muito — em geral, pedia que as coisas fossem entregues em casa. Outras vezes, se precisasse sair, ele ia junto, porque a maior parte dos compromissos dela na rua era levar o garoto ao médico e às sessões do tratamento.

— Qual é, Jake... Eu não vejo você faz um tempão — choramingou Brandon. — Estou com saudade.

Jake voltou a espiar a janela. Mesmo pela tela, podia ver o cabelo loiro de Brandon arrepiado para cima. Sorriu.

— Também estou.

O garoto era seu melhor amigo da escola. Antes, eram inseparáveis.

Ao longo do primeiro ano depois da descoberta do patinete, Jake tinha ido à escola tanto quanto possível, apesar das dores de cabeça. Depois da cirurgia no cérebro para tentar remover o tumor, havia passado várias semanas em casa, mas retornara à escola assim que pôde. No ano anterior, tinha faltado a quase metade das aulas. Àquela altura, era impossível ao menos *pensar* em ir. Estava muito cansado e doente para isso.

Mas talvez pudesse sair com Brandon. Seria legal, não?

Jake já estava vestido, pois se recusava a ficar só de pijama ou cueca. Mesmo nos piores dias, queria estar vestido. Naquela manhã, havia colocado uma bermuda verde e uma camiseta marrom. Estava descalço, mas sabia que o chinelo ficava ali embaixo da cama.

— Você vem? — perguntou Brandon. — Pensei em ir ao fliperama. Se você estiver cansado ou fraco, a gente pode só ficar brincando sentado naqueles simuladores de corrida.

Jake amava jogos de corrida. Certo. O menino estava disposto a arriscar.

— Beleza. Me dá só um minutinho — pediu Jake.

— Fechou.

Brandon ergueu os cantos dos lábios num sorriso e mostrou a língua pela tela.

— Vou estar aqui fora derretendo — disse ele. — Se você demorar muito, pode ser que eu vire uma poça, mas vou continuar aqui. É só me guardar num potinho, aí a gente vai.

Jake riu.

— Combinado.

Em seguida, endireitou a postura e esperou o quarto parar de rodar. Piscou para ter certeza de que conseguia discernir as coisas reais das distorções oculares. Tinha visão dupla havia tanto tempo que aprendera a se adaptar. Às vezes, porém, quando estendia a mão para pegar uma meia ou coisa parecida, acabava confundindo o objeto de verdade com sua duplicata.

Depois de garantir que identificava o que era real e o que não era, Jake se acomodou na ponta do colchão. As quatro pernas que via eram puro osso.

— Vai — encorajou. — Me ajudem a levantar. Não sou tão pesado assim.

Pelo jeito, as pernas discordavam. Na primeira tentativa de ficar de pé, acabou caindo de volta no colchão. Quase escorregou para fora, mas se agarrou a tempo na grade lateral da cama hospitalar.

O menino tinha ficado arrasado quando aquele trambolho chegara na casa.

"Não vou dormir naquela coisa. Não estou morrendo!", gritara ele para Margie.

"Claro que não", respondera a mulher. "Mas você é um menino legal, e não liga de fazer as coisas quando sabe que vão facilitar minha vida."

Como recusar quando ela falava daquele jeito?

E, naquele momento, lá estava ele, grato pela tal cama. Usando as grades laterais, se puxou para cima enquanto as pernas se lembravam de como funcionar. Ele se sentia igualzinho a um potro que tinha visto na TV certa vez, cambaleando de um lado para o outro.

Se potrinhos ficavam de pé, então Jake também ficaria.

Concentrado, se manteve firme mesmo com a cabeça latejando e os olhos doendo por causa da pressão. Ao olhar para baixo, viu os chinelos e estendeu o pé direito para puxá-los mais para perto. Não havia a menor condição de se abaixar. Seria queda na certa.

Quando dobrou um pouco as pernas para varrer o chão com o pé, seus joelhos quase cederam — quase, mas resistiram. Enfim conseguiu resgatar o primeiro chinelo e o calçou. Depois apoiou o peso no calçado, o que lhe deu mais estabilidade, e começou a rebocar o outro chinelo com o dedão do pé esquerdo. Passado um tempinho, calçou o outro.

Do lado de fora da janela, Brandon berrou:

—Vou derreter!

— Shiu! — repreendeu Jake. — Margie vai ouvir.

Brandon riu.

Jake se afastou da cama, soltando a grade. Seu corpo bambeou de um lado para o outro, como se soprado por um vendaval, mas ele não caiu. Ia conseguir.

— Ah, me esqueci de falar… — começou Brandon, reaparecendo na janela. — Caramba, olha só, você já saiu da cama. Mandou bem!

— O que você se esqueceu de falar? — questionou Jake.

Criando coragem, deu um passo rígido e hesitante. Quase despencou de novo. Estava começando a suspeitar que aquela não era a melhor das ideias.

— Então, me esqueci de falar que trouxe o carrinho do meu irmão, aquele de puxar — contou Brandon. — Achei que você talvez precisasse de uma carona até o fliperama.

Bom, aquilo de fato tornaria tudo mais fácil. Jake iria sozinho até a janela, e depois Brandon o ajudaria a entrar no carrinho. Feito isso, empurraria o amigo pelo caminho. A ideia deu ao menino um pouco mais de confiança.

— Por que não falou antes? — perguntou, dando mais um passo. Dessa vez, um pouco mais firme.

— O sol derreteu meu cérebro todinho. Está escorrendo pelos ouvidos.

— Eca.

— Pois é, eca mesmo. Vai logo.

Jake deu outro passo. Continuou de pé. Avançou mais um. Ainda de pé. Outro. De pé. Mais um. Quando viu, já estava segurando no peitoril da janela, de frente para Brandon, que fingia lutar contra um oponente imaginário com a ajuda de um graveto.

— Aí, agora sim!

O amigo soltou o galho e correu até a janela.

— Cheguei.

Jake apoiou o quadril no parapeito e estendeu a mão para afastar a tela. Sentiu a cabeça girar, e ficou difícil separar a tela de sua duplicata. Mas enfim conseguiu, e quando deu um puxão na tela verdadeira, Brandon a levantou com facilidade. Boa!

— Que legal isso que a gente está fazendo — comentou Brandon.

— É mesmo — concordou Jake. — Certo, agora só espera um pouquinho.

— Quer que eu segure seu braço ou algo assim?

— Sim, isso ia ajudar.

Jake conseguiu se sentar no beiral. Depois de agarrar o batente com a mão esquerda, passou o braço direito pela janela aberta. Brandon o segurou.

— Pode deixar que eu seguro você — falou o menino.

Jake torceu para que fosse verdade. Inclinou o corpo para trás e passou a perna direita pela janela. Pegou um impulso forte demais e quase caiu, mas Brandon o ajudou a se equilibrar.

A dor de cabeça ficou pior, e ele sentiu o estômago embrulhar. Tentou ignorar as duas coisas.

Depois de se concentrar, Jake passou a outra perna pela janela. Da segunda vez, teve um pouco mais de controle de todo o processo.

— Certo, agora é só virar um pouquinho mais, aí você escorrega — instruiu Brandon. — Não vou deixar você cair.

Jake hesitou, contemplando o mundo que andava vendo tão pouco. Estava claro, quente e seco, assim como quando ele saíra da última vez. Uma brisa abafada agitava os galhos dos olmos, que raspavam no revestimento marrom da casa. Jake ouviu as gêmeas rindo do outro lado da rua e de repente sentiu um friozinho bom na barriga, como se estivesse faltando à aula. Não que já tivesse feito algo assim, mas era como sair procurando os presentes antes do Natal. *Aquilo* ele já tinha feito. Havia encontrado todos, e foi uma baita decepção quando o dia chegou, porque já sabia o que ia ganhar. Tinha aprendido a lição: às vezes era melhor esperar.

— Vai terminar de descer ou não? — questionou Brandon.

— Ah... Vou, sim.

Em seguida, Jake se firmou na janela aberta, respirou fundo e escorregou.

Se Brandon não estivesse ali, ele teria se estatelado no chão. O amigo cumpriu a palavra e segurou Jake.

— Tudo bem? — perguntou o menino.

— Tudo.

Brandon fitou o rosto dele, depois fez uma careta.

— Caramba. Eu não sabia...

— O quê?

O outro garoto balançou a cabeça.

— Nada — respondeu, e olhou ao redor. — Se eu te ajudar a chegar até a árvore, acha que consegue ficar apoiado nela até eu buscar o carrinho?

Jake observou o carrinho vermelho e brilhante esperando na calçada.

— Aham.

Amparado pelo amigo, Jake começou a caminhar, mas a náusea ficou pior, e suas pernas foram cedendo.

De repente, ele caiu e vomitou na grama seca. Brandon pulou para longe a tempo de não se sujar, o que deixou Jake feliz. Ficou com tanta vergonha que nem ergueu o rosto para olhar o amigo. Também se sentia meio esgotado, como um tubo de pasta de dente vazio, todo espremido e molenga. Como voltaria a se levantar?

A solução surgiu voando de trás da casa. Era Margie, correndo para chegar até Jake, como se soubesse que o menino precisava dela.

— O que você está fazendo? — berrou ela, com uma voz aguda que Jake jamais escutara.

Brandon recuou mais alguns passos, se afastando tanto do vômito quanto da óbvia irritação de Margie.

Jake ouviu a porta de tela se abrir e bater, e a sra. Henderson surgiu correndo de dentro de casa.

— Acabei de ver o que aconteceu. Posso ajudar com alguma coisa?

Brandon arregalou os olhos, sem saber se fitava Margie ou a sra. Henderson. De repente, estava tão pálido quanto Jake.

A cuidadora se inclinou sobre o menino adoecido.

— Vem, seu doidinho, vamos te puxar um pouquinho para cá.

A vizinha se juntou a ela.

— Eu ajudo.

— Obrigada — agradeceu Margie.

Juntas, as mulheres ergueram Jake e o arrastaram para longe do vômito, depois o colocaram sentado com as costas apoiadas no olmo. Pela camiseta fina, dava para sentir a aspereza do tronco. O garoto pousou as mãos nas raízes e se segurou nelas. A sra. Henderson se agachou ao lado dele, correndo os dedos por sua testa.

Margie se levantou e apontou para Brandon.

— Ei, você!

Brandon se encolheu.

A cuidadora olhou de soslaio para Jake e sra. Henderson. Depois respirou fundo e se voltou de novo para o menino. Baixou o tom de voz.

— Tenho certeza de que suas intenções eram boas, mas você precisa ir para casa. E nunca mais faça algo assim. Ele não... — Pigarreou. — Ele não está bem o bastante para sair agora.

— Me desculpa... — choramingou Brandon.

— Desculpo, está tudo bem. Agora pode ir.

Margie amenizou as palavras com um meio sorriso.

O garoto foi até o carrinho e o puxou para longe, correndo pela calçada enquanto o brinquedo sacolejava logo atrás. Jake ficou olhando até o amigo sumir de vista. Era como ver toda a diversão e a liberdade fugindo para longe.

A cuidadora se agachou.

— O que deu em você?

— Achei que eu poderia ser o Jake de verdade por pelo menos um dia.

A vizinha desviou o olhar. Margie retorceu a boca, mas não respondeu.

— Espera aqui com a sra. Henderson — falou a cuidadora. — Vou buscar sua cadeira de rodas, pode ser?

— Pode.

— Jura que não vai sair daqui?

— Juro juradinho — confirmou Jake.

Margie sorriu e enganchou o mindinho no do menino.

— Você acabou de me fazer envelhecer uns dez anos — acusou ela.

— Ou seja, está com uns cento e pouco agora?

— Rá, rá, que engraçadinho — brincou Margie.

— Bom, se for assim, eu tenho uns duzentos — falou a sra. Henderson.

Ela e Jake riram enquanto Margie seguia até o interior da casa.

• • •

Simon apareceu assim que Jake fechou os olhos mais tarde naquela noite, mesmo tendo ido dormir mais cedo do que o normal. A pequena aventura frustrada o drenara por completo — o que era um saco.

— E aí, Jake?! Que calorzão, né? O que você fez hoje? — perguntou Simon.

— Brandon e eu tentamos ir até o fliperama — contou o menino.

— *Foram* até o fliperama.

— Ah, verdade. A gente foi mesmo.

Jake sorriu.

— E o que fizeram lá? — questionou Simon.

— A gente se divertiu muito. Brincamos em vários simuladores de corrida. Amo jogos assim.

— Nossa, eu também amo. Joguei um deles hoje, acredita? E ganhei vários tíquetes, que troquei por um montão de lápis. Vocês também ganharam? Aposto que sim.

— Ganhamos. Troquei meus tíquetes por umas borrachas de carinha feliz.

— Ah, boa! Adoro elas. Também peguei uma igualzinha! Gosto porque me animam quando estou meio borocoxô.

— Você também fica meio borocoxô?

— Só de vez em quando. Normalmente, estou ocupado demais me divertindo!

— Verdade. Eu também.

— Mas me conta, você tomou raspadinha no fliperama? — perguntou Simon. — Eu tomei. De uva. Minha língua ficou roxa. E você?

Jake riu. Mostrou a língua e a imaginou toda tingida.

— Sim! Minha língua também está roxa!

—Viva a turma da língua roxa! — exclamou Simon.

—Viva! — entoou Jake.

Era inacreditável como de fato sentia como se tivesse ido ao fliperama. Tinha certeza daquilo.

— Ah, a gente também foi na máquina de dança, aquela de pisar nos quadradinhos coloridos, sabe? Eu e o Brandon... a gente arrebentou!

— Arrasou, Jake! Sou péssimo nesse tipo de coisa. Quando danço, parece que estou tendo um siricutico.

Jake ouviu o som de roupas farfalhando e de chiados vindo de dentro do armário, como se Simon tentasse dançar.

— Mas sabe o que é engraçado? — continuou o amigo.

— O quê?

— Também brinquei na máquina de dança, mesmo sendo péssimo. E me diverti tanto que até pisei no cadarço, que arrebentou. Já aconteceu com você?

— Aconteceu hoje!

— Jura? Enfim, você sabe o que é isso, né?

— Uma condecoração de honra — disseram os dois ao mesmo tempo, depois caíram na gargalhada.

— Brincou de mais alguma coisa hoje, Jake? — quis saber Simon.

— Fui num joguinho de tiro. Aquele em que a gente tem que acertar os bandidos, tipo ladrões e coisa e tal, sabe? Brandon queria brincar de matar alienígenas, mas eu não curto esses jogos. Queria era ser amigo dos aliens. Também não estava a fim de jogar o de caça, porque não acho legal atirar em animais. Gosto muito dos bichinhos, aliás.

— Estou com você nessa!

Jake sorriu. Pensar nos jogos de fliperama preferidos o fazia esquecer a necessidade de ver Simon.

— E aí, tinha mais algum outro amigo seu lá no fliperama? — perguntou ele.

— Tinha, sim — respondeu Jake. — Alguns.

— Você jogou na máquina de pinball?

Margie se encontrava sentada de pernas cruzadas no chão do corredor que levava ao quarto de Jake, com as costas apoiadas na parede.

A casa inteira cheirava a pudim de chocolate, que Margie havia preparado para o menino algumas horas antes, e cera com aroma de limão que usara para polir o assoalho de madeira do corredor naquela manhã. Evan não exigia dela aquele tipo de serviço, mas era melhor para Jake que a casa estivesse sempre bem limpa, e era melhor para *ela* se manter em movimento; assim, enquanto o menino dormia, Margie procurava coisas para fazer. A casa estava um brinco.

Esparramada no piso brilhante de madeira, a cuidadora deixou as lágrimas rolarem soltas. Não queria escutar, pois se sentia intrometida; mas, a menos que usasse tampões de ouvido, seria impossível não entreouvir a conversa de Jake com seu "visitante". E ela nunca usaria tampões ou fones de ouvido — precisava estar sempre atenta caso o menino chamasse.

Assim, entreouviu quando Jake contou a Simon que não era o melhor jogador de pinball do mundo, mas gostava muito de se arriscar.

— Eu também — respondeu Simon.

Margie ouvia um som distorcido sempre que a voz de Simon soava. Vinha de trás da porta, abafada, e também saía do celular que ela segurava na mão direita, posicionado ao lado da babá eletrônica reserva que mantinha na esquerda.

A mulher se sentia uma mágica, com seus truques escondidos atrás de uma cortina cintilante. Se Jake saísse da cama e fosse para o corredor, veria os bastidores de toda aquela cena.

Mas o menino não levantaria sem ajuda. O segredo estava a salvo.

A ideia tinha partido de Evan, e Margie a achara genial.

O homem ligava para Jake quase todo dia; nos primeiros meses após a descoberta do tumor, o menino assimilava bem os incentivos do pai. Quando Evan dizia "Quero ver você de cabeça erguida", Jake sempre respondia "Deixa comigo". Mas quando a cirurgia dera errado e ele soubera que precisaria passar por químio e radioterapia, tinha começado a ficar mais amuado. Por meses, Evan tentara encorajar o filho, que havia se negado veementemente a abraçar os incentivos.

Foi quando o homem disse a Margie que precisavam de um pouco de "magia". Jake precisava acreditar em alguém capaz de distraí-lo dos horrores do cotidiano e apresentá-lo ao deleite de possibilidades diferentes. Assim nasceu Simon.

Jake sabia sobre a babá eletrônica aninhada em cima da cômoda. Não gostava muito da ideia, mas sabia que o aparelho estava ali e aceitava sua necessidade. Não fazia ideia, porém, de que havia um monitor reserva dentro do armário branco. Aquele era conectado ao outro que Margie segurava, usado para captar e emitir a voz modificada de Evan.

O homem, ainda do outro lado do oceano, fazia o papel de Simon.

Depois de decidir que Jake reagiria melhor a alguém da mesma idade, Evan tinha baixado um aplicativo para distorcer a voz e soar como uma criança.

Quando o patrão sugerira a ideia de se transformar num amiguinho para Jake, um que viveria no armário e só o visitaria antes de dormir, Margie não sabia se o menino daria mais ouvidos a Simon do que dava a Evan — ainda assim, topou participar. Estava disposta a tentar qualquer coisa.

E Jake dera ouvidos ao novo amigo. Dava para ver o quanto amava as visitas noturnas. Ela sempre sorria quando o menino fechava os olhos logo depois do boa-noite; sabia que Jake fingia dormir para que ela fosse embora o quanto antes.

"Se ele se imaginar como um garoto normal, tem mais chances de voltar a ser um algum dia", explicara-lhe Evan. "Ele precisa ter esperança."

Margie concordara.

Jake começou a ficar sonolento enquanto Simon falava sobre máquinas de pinball, mas queria continuar ouvindo.

— Sabe qual é o segredo para ser muito bom nesse jogo?

— Qual? — perguntou Jake.

— Chacoalhar e inclinar.

— Como assim?

— Bom, algumas pessoas acham que é trapaça, mas eu discordo. É quando você meio que dá um sacolejo na máquina, sabe? Usando o quadril, por exemplo. Às vezes, quando as alavanquinhas não obedecem, dá para recuperar a bola com um chacoalhão.

— Quem me dera poder...

Jake se deteve. Estava prestes a dizer que adoraria poder usar o truque algum dia. Em vez disso, falou:

— Vou tentar da próxima vez que Brandon e eu formos ao fliperama.

— Vai? Que legal.

Jake bocejou alto.

— Acho que você precisa dormir — sugeriu Simon.

— É, acho que sim — resmungou Jake.

— E não esquece de vir até o armário assim que conseguir andar de novo. Vou estar esperando.

— Pode deixar — respondeu o menino, caindo no sono quase na mesma hora.

Margie ficou de pé e se afastou da porta do quarto.

— Como vocês dois estão lidando com o calor? — questionou Evan quando ela aproximou o celular do ouvido.

A mulher foi até a sala de estar e se sentou no sofazinho verde-oliva sob a imensa janela da casa.

— Estou bem. Acho que ele está sofrendo mais. Parece mais fraco do que o normal.

Margie já havia contado tudo sobre a ida frustrada ao fliperama. Evan ficara orgulhoso da tentativa de Jake, mas aliviado pelo filho não ter ido tão longe.

"Poderia ter sido péssimo", dissera ele.

"Bota péssimo nisso", tinham acrescentado os dois, em uníssono.

Ela sorriu ao se lembrar da origem da piada. Evan queria que Jake fosse conhecer o tio. Michael, irmão e único parente vivo do homem, passara anos morando na Europa, e nem sequer conhecera o sobrinho ou a cunhada. Mas Michel havia voltado aos Estados Unidos, e Evan decidira levar o filho e Margie para um encontro. A viagem de ida havia demorado várias horas.

"Meu irmão é um cara meio sério", alertara Evan enquanto dirigiam até lá. "Bom, ele é meio diferente. Sempre se preocupa muito em ganhar dinheiro, e é ótimo nisso. Mas toda essa intensidade faz com que ele não pareça humano."

"Então ele é tipo um ciborgue com o código defeituoso?", perguntara Jake.

Todos tinham rido.

Logo antes de chegar ao hotel onde Michael estava hospedado, Jake comera um chocolate. Ninguém dera muita atenção ao fato até o menino tentar abraçar o tio. Ao ver os dedos sujos do sobrinho, Michael tinha se afastado.

— Você precisa ser mais cuidadoso. Poderia ter sujado meu terno de chocolate, o que seria péssimo. Bota péssimo nisso.

O jantar tinha sido esquisito, com todos pisando em ovos, e depois os três voltaram para casa. Enquanto dirigia pela rodovia escura, Evan dissera que pararia para abastecer ou ficariam sem gasolina.

"Isso seria péssimo", dissera Margie.

E, do banco de trás, Jake imitara perfeitamente a voz do tio para acrescentar:

"Bota péssimo nisso."

Ela sorriu com a lembrança.

— Alô? Ainda está por aí? — questionou Evan do outro lado da linha.

— Foi mal. Eu estava pensando naquela viagem que a gente fez para conhecer o Michael.

— Nossa, aquela viagem foi péssima.

— Bota péssima nisso — falaram juntos, e depois caíram na gargalhada.

Margie se perguntava se algum dia a piada perderia a graça.

— Falando no meu irmão, vou conversar com ele. Odeio pedir favores para Michael, mas não tenho como arcar com um ar-condicionado agora. Vou ver se ele pode comprar um para o Jake.

— Às vezes, um soldado tem que engolir alguns sapos e se sacrificar pelo batalhão — declarou Margie.

Evan riu.

— Você faz isso todo dia.

— O que faço é um privilégio — respondeu ela.

O homem ficou em silêncio. Então pigarreou e avisou que precisava desligar.

Pouco depois, Margie aproximou o rosto da porta do quarto e ouviu a respiração suave de Jake vindo da babá eletrônica. O garoto não roncava, então era um desafio saber quando estava de fato adormecido. Certa vez, depois de ter certeza de que ele havia dormido, ela abrira a porta.

"O que foi, Margie?", perguntara o menino, se sentando na cama.

Ela tivera que pensar rápido.

"Achei que tinha ouvido você me chamar."

Jake havia comprado a história.

"Você devia estar sonhando", sugerira ele.

Naquela noite, porém, quando Margie abriu a porta, Jake não se sentou. Continuou respirando devagar, inspirando e expirando lentamente. Estava mesmo adormecido.

Ainda assim, ela não se moveu. Ficou parada à porta, de olhos fechados, ouvindo a respiração do menino. Daquele jeito, não enxergava os indícios da doença de Jake. Não via o suporte para bolsas de soro no canto do quarto. O equipamento não estava sendo usado naquele momento; às vezes, porém, quando ele não conseguia manter nada no estômago, precisava de acessos intravenosos para receber fluidos e nutrientes.

De olhos fechados, não via a cama hospitalar e a fileira de frascos de remédios espalhados sobre a cômoda. Assim, a careca de Jake também voltava a ser a cabeleira castanha bagunçada que Margie se lembrava de desembaraçar nos primeiros dias ali. Jake gostava de ter cabelo comprido, e Evan permitia que o filho o deixasse crescer. "Quem falou que menino precisa ter cabelo curto?", dizia o pai. Margie achava a frase engraçada vinda de um homem com cabelo militar, cortado bem rente.

Ela abriu os olhos e se ajustou à realidade.

Jake estava deitado de lado, abraçando Taquinho contra o peito, a ponta da pelúcia acomodada sob o queixo. O brilho amarelado do abajur noturno fazia a careca do menino cintilar e projetava sombras mais fundas do que o normal sob seus olhos.

Ele dormia com um sorriso no rosto. Margie ficou feliz ao ver a cena. Torcia para que ele estivesse brincando no fliperama ou com o esguicho de água no jardim.

Ao pensar nisso, lembrou que tinha um trabalho a fazer.

O projeto de Margie estava três noites atrasado. Dois dias antes, Jake havia se agitado e acordado várias vezes durante o sono. Ela tinha certeza de que o motivo era a troca de dosagem de um dos remédios. Felizmente, Evan lhe dera autoridade para lidar direto com os médicos responsáveis pelo tratamento de Jake. Assim, ela ligara para o dr. Bederman para avisar que voltaria à dosagem original. Tinha funcionado — na noite seguinte, porém, enquanto o menino dormia, ela própria estava tão exausta que adormecera sem nem tocar no projeto.

Logo nos primeiros dias de emprego, Margie achou que odiaria dormir naquela casa, confinada num quartinho no tal "meio andar". A ideia dela nem era aceitar um emprego em que precisaria dormir no local. Gostava do próprio apartamento e tinha certeza de que acabaria com uma crise de claustrofobia na casa de Evan. Mas o cargo exigia presença em tempo integral, visto que Evan passava muito tempo fora. Com o passar dos dias, no entanto, Margie acabara se rendendo aos encantos da moradia.

Repleta de rodapés de madeira, além de prateleiras e móveis embutidos comuns às residências no estilo Craftsman, a casa tinha um jeitinho único. Era evidente que o primeiro proprietário gostava de esconder coisas, porque o construtor havia inserido nichos disfarçados em todos os cantos. Também havia móveis específicos para determinados cômodos, que tinham permanecido na casa ao longo dos anos. Um deles era o pequeno armário branco no quarto de Jake. Como o menino tinha espaço para guardar suas coisas no guarda-roupa e no restante do quarto, o móvel passara anos desocupado. A essa altura, porém, tinha ganhado um novo propósito.

O projeto aguardava Margie dentro daquele armário a apenas alguns metros da cama do menino, à esquerda da poltrona verde feiosa. Ela poderia muito bem tirá-lo dali e continuar trabalhando no seu próprio quarto, mas não parecia certo. Seu projeto *morava* naquele pequeno armário. Trocá-lo de lugar seria errado.

Jake suspirou em seu sono, e Margie paralisou no lugar, com a mão no puxador do armário. Respirou fundo, entristecida ao sentir o aroma adstringente de remédio no cômodo. Vendo que o menino não voltaria a se mexer, abriu a portinha.

Em seguida, se sentou em silêncio diante da porta aberta. Esperou até se certificar que o menino estava profundamente adormecido. Depois, acendeu a lanterna de cabeça presa à testa. Era feita para artesãos que precisavam enxergar tudo mais de perto, e atendia perfeitamente às necessidades de Margie. Com o apetrecho, podia iluminar o item em que estava trabalhando sem perturbar muito a escuridão do quarto. O sono de Jake geralmente era pesado, então havia pouquíssimas chances de acordar o garoto. Mesmo assim, Margie não queria arriscar.

Sob o brilho da lanterninha, o projeto a encarava com seus olhos desenhados à mão, um deles cercado por um hematoma roxo.

— Oi, fofinho — sussurrou Margie.

O projeto não respondeu — o que era ótimo, pois era um boneco. Se tivesse respondido, ela teria se levantado, dado meia-volta e saído correndo como se não houvesse amanhã.

O boneco tinha sido ideia de Evan. Com quase um metro de altura e pele branca e lisa (no início, ao menos), a essa altura o brinquedo já estava coberto de evidências das aventuras imaginárias que Jake vivia com Simon. O projeto de Margie era um ato de esperança — ou, quem sabe, mais do que esperança. Um ato de crença.

Será que objetos criavam vida quando infundidos com tanto amor e dedicação? Ao que parecia, Evan acreditava que sim. E talvez Margie também.

O que ela via diante de si era incrível. Nascido como um boneco de pano sem rosto, sem roupas e sem características distintas ou detalhes de qualquer tipo, o objeto passara a representar a vida de uma versão saudável de Jake. Semanas de experiências do "Jake de verdade" tinham sido desenhadas no boneco. O olho roxo, por exemplo, representava o dia em que Jake de verdade havia enfrentado um garoto na escola. Uma janelinha nos dentes de baixo simbolizava o dia em que arriscara uma manobra difícil com o skate. Os bolsos do boneco estavam cheios de desenhos de ingressos de cinema, parques de diversão e zoológicos. O corpo era salpicado com as marcas e tribulações de uma infância feliz. Aquele boneco era um lembrete de que o menino em questão podia estar sucumbindo, mas ainda persistia. Ainda tinha imaginação para conjurar outra aventura.

Margie pousou o estojo cheio de canetinhas coloridas no carpete verde e tirou um pedaço de papel do bolso da calça. Nele, havia uma lista de atividades que Jake de verdade fizera ao longo dos três dias anteriores. Sempre que o menino falava com Simon, Margie anotava tudo.

Depois de acomodar o papel no chão ao lado do estojo, ela pegou uma canetinha marrom de ponta grossa. Quase todos os detalhes do boneco tinham começado assim. Às vezes, porém,

Margie precisava de mais cor... como naquela noite. Riscando o item "manteiga" da lista, a cuidadora pegou também uma canetinha amarela.

Concentrada, fez uma manchinha de manteiga ao redor da boca do boneco. Depois, trocou a canetinha amarela pela laranja e desenhou um milho de pipoca entre dois dentes. Até que parecia bem realista. Ela sabia que estudar artes serviria para alguma coisa. Talvez estivesse negando sua verdadeira vocação: daria uma ótima Decoradora de Bonecos de Crianças de Verdade.

Margie riu e conferiu a lista. Ah, a farpa.

Em geral, desenhava direto no boneco, mas às vezes usava adereços, como naquele dia. Levando a mão ao bolso, Margie pegou um saquinho plástico. Lá dentro havia duas farpas de madeira. A primeira tinha um centímetro. A outra não passava de um pontinho. Ela espetou uma na ponta do indicador e a outra no dedo anelar do boneco.

Deu mais uma olhada na lista. Tinha resolvido a pipoca e as farpas, então seguiu para o molho de pizza. O boneco já tinha uma mancha como aquela no queixo, então Margie acrescentou outra no cantinho da boca. Depois, esfregou um pouco de alho em pó no tecido branco. Sempre que podia, gostava de acrescentar aromas para aumentar o realismo, como na mancha de chocolate de algumas noites antes. Ela usara chocolate de verdade, de modo que o boneco tinha ficado com um cheirinho doce.

Satisfeita com a mancha de pizza, seguiu para o arco-íris de tinta sob as unhas. Foi divertido. Sujou a ponta de cada um dos dedos do boneco com uma cor diferente.

Em seguida, com canetinha preta, desenhou tíquetes de fliperama escapando dos bolsos do boneco. Então recorreu a outro adereço, colando uma borracha com carinha feliz na mão de tecido. Achava aquele detalhezinho tão importante que havia separado um punhado de moedas e pedido que a filha de Gillian, Patty, fosse até o fliperama para ganhar uma daquelas borrachas.

Após prender o objeto, acrescentou uma pequena língua no boneco e a coloriu com manchas roxas. Em seguida, analisou os pés. Nunca tinha pensado em desenhar sapatos nele — mas, para fazer o cadarço arrebentado, precisaria de calçados. Assim, pelos próximos minutos, Margie se debruçou sobre os pés do boneco e desenhou um par de tênis verde. Era a cor favorita de Jake; além disso, combinava com as manchas de grama nos joelhos. Essa parte do corpo estava bem trabalhada, aliás: além da grama, havia vários ralados vermelhos e marcas de diversos tons de marrom que representavam terra e lama.

Depois de terminar, Margie analisou o boneco. Estava uma bagunça com tantos detalhes, mas ela sabia que, quando Jake o visse, ficaria fascinado. A intenção era fazer uma surpresa quando o menino sarasse. Assim que pudesse caminhar, ele iria até o armário, abriria a porta, encontraria o boneco e veria todas as coisas que Jake de verdade tinha feito enquanto a versão doente se concentrava em melhorar.

Margie ignorou o aperto no peito quando pensou na recuperação de Jake. Algo dentro dela dizia que a cura não era algo com que devia contar. Na verdade, se tornava uma possibilidade mais remota a cada dia.

— Pare com isso — repreendeu-se num sussurro. — Ele vai ficar bem.

Juntou os materiais e se levantou. Confirmou se tinha fechado a porta do armário e, pé ante pé, saiu do quarto.

Jake tentava somar de cabeça o valor que devia a Margie por ter parado na casa do tabuleiro que ela tinha enchido de hotéis. Estava sendo difícil contar quantos havia ali, ainda mais porque era um desafio saber quais eram reais e quais eram duplicatas dos outros. Mesma coisa com o dinheiro. Quais cédulas eram de verdade? Claro que não havia dinheiro de verdade no jogo de tabuleiro, mas Jake ao menos queria entender quais das notas eram parte do mundo real e quais tinham sido fabricadas por sua doença.

Bom, não era exatamente isso. O patinete não produzia as imagens duplicadas. Jake tentou se lembrar do que o dr. Bederman dissera sobre o assunto. Certo. O médico explicara que, como o tumor ficava muito perto do núcleo responsável pelos movimentos oculares, espremia alguns nervos. Era o núcleo em si, então, que fazia o menino ver dobrado.

Ele tivera que pesquisar "núcleo" na internet para entender a explicação do médico. Com isso, tinha descoberto que um núcleo era um pequeno grupo de neurônios do sistema nervoso central. Claro que, depois, tivera que procurar "neurônio" e "sistema nervoso central", e por fim entendera que um núcleo era uma célula nervosa "eletricamente excitável". Aquilo tinha feito o menino rir. Podia imaginar uma celulazinha ligada na tomada, chacoalhando alucinada. O sistema nervoso central, de acordo com as pesquisas, era a conjunção formada por cérebro, coluna e nervos, capaz de fazer com que humanos pudessem se mover, sentir e pensar.

Em suma, aquele pequeno grupo de células excitáveis estava estimulado demais, e esse agito todo acabava incomodando as células dos olhos de Jake. O menino achava aquilo uma baita falta de educação, e só queria que seus núcleos sossegassem um pouco. Estava cansado de ver dobrado.

Voltou a prestar atenção nos cálculos, mas logo percebeu que tinha cometido um erro. Teria que recomeçar do zero. Não queria fazer tudo de novo!

Com um grunhido, estendeu a mão e derrubou o tabuleiro da cama, espalhando as cédulas falsas e suas duplicatas pelo ar junto das casas, hotéis e pininhos do jogo. Um cachorro minúsculo quase acertou o olho de Margie, que soltou um "Ei!".

Jake se sentiu mal logo de cara, mas ficou bravo com isso. Então, deu um berro.

Berrou a plenos pulmões.

E Margie não o deteve. Tudo que fez foi se levantar e ir fechar a janela do quarto.

Aquele gesto o fez parar.

— Por que fechou a janela? Está com medo de as pessoas acharem que você está me matando?

Ela o encarou e revirou os olhos.

— Até parece. Se eu quisesse, carinha, poderia acabar com você tão rapidinho que você não ia soltar nem um pio.

O garoto arregalou os olhos, e ela saltou para fazer uma pose de ninja um tanto desajeitada. Gritou um "Iáááá" e fingiu desferir um chute na direção da cama.

Aquilo o fez rir. Ao baixar o pé, Margie acabou pisando numa peça do jogo e saiu saltitando pelo quarto, fazendo Jake gargalhar ainda mais.

— Isso, tira sarro da minha dor mesmo — resmungou ela.

Jake continuou rindo.

Margie parou de pular e voltou até a janela.

— Nossa, que quarto abafado! Quem fechou a janela?

O garoto deu uma risadinha.

— Você.

— Ah, foi?

— Isso mesmo.

— Vou acreditar, então.

Margie começou a recolher as peças do jogo.

— Se entendi direito, você não quer mais brincar, né? — questionou ela, como se fosse normal dar um chilique por causa de um jogo de tabuleiro idiota.

— Desculpa — pediu o menino. — Fiquei frustrado.

— Ah, jura? — perguntou Margie, fingindo surpresa. — Não me diga! Achei que tinha dado um curto-circuito aí dentro da sua cachola.

Jake riu de novo.

Margie abriu um sorriso e voltou a recolher o dinheiro de mentirinha, o tabuleiro, as peças do jogo e os minúsculos hotéis e casinhas.

— Eu te amo, Margie — disse Jake.

A mulher ficou paralisada.

Estava abaixada, com o rosto voltado para o lado oposto. Demorou alguns segundos, mas enfim endireitou as costas e o encarou, com os olhos marejados.

— Também te amo, Jake.

Margie se sentou no balanço do alpendre, envolta pela escuridão. Tinha terminado os acréscimos ao projeto daquele dia. Jake dormia, meio inquieto. Ela estava com a babá eletrônica no bolso, como sempre.

O quartinho dela estava muito abafado para dormir. Tentara ir para o sofá, mas sua mente não desligava por nada. Então lá estava a cuidadora, usando os pés para se balançar para a frente e para trás na esperança de que o movimento a relaxasse.

O céu estava repleto de estrelas, um tanto ofuscadas pelas luzes da cidade ao longe. Alguns vaga-lumes entravam e saíam das moitas de buxeiro no canto da casa. Grilos cantavam. Os sons de músicas antigas e de algum programa de TV cheio de gritaria pairavam pela rua, vindos das janelas abertas.

O ar tinha cheiro de poeira e estagnação. O verão já estava começando a cansar. As pessoas contavam os dias para a chegada do outono, com brisa fresca e o alívio da chuva.

Será que Jake sobreviveria até a próxima estação?

Margie resmungou e começou a balançar mais rápido.

Os dias pareciam cada vez mais difíceis. Não só a visão dupla de Jake ficava mais intensa, como as dores de cabeça do garoto também pioravam. O aumento na dosagem dos analgésicos o deixava mais fraco. Tinha sido muito afetado pelos dois últimos ciclos de quimioterapia — mas aquilo nem era a pior parte. O pior de tudo era que o dr. Bederman anunciara que a equipe oncológica interromperia o tratamento.

"A partir de agora, estamos de mãos atadas", dissera ele a Margie após a última sessão de químio. "Só nos resta gerenciar os sintomas. Se for te dar muito trabalho, podemos internar Jake na UTI."

"Ele nunca me dá muito trabalho", protestara ela.

O médico assentira, dando tapinhas na sua mão.

"Eu entendo."

Será que entende mesmo?, pensou Margie. Ela era "só a babá". Tinha escutado uma das enfermeiras falar aquilo na semana anterior. Alguém perguntara à mulher se Margie era mãe de Jake, ao que ela respondera: "Não, a mãe morreu. Essa é só a babá."

Às vezes, Margie adoraria ser um daqueles robôs de que Jake tanto gostava. Assim, poderia ser "só a babá". Não teria que lidar com sentimentos complicados.

Mas ela não era só a babá. Tinha começado assim, claro, mas convivera com Jake por três anos. Passara tempo o bastante com o menino para conhecê-lo como se fosse seu próprio filho — mesmo quando ele ainda estava bem, antes de ficar acamado, uma situação que ele negava com todo o seu ser.

Com o tempo, Margie também tinha passado a amar Evan... Não de modo romântico, e sim como um irmão. Quando o homem estava de licença em casa, dava a ela a opção de sair de férias. A verdade, porém, era que não havia nenhum lugar onde ela desejasse estar por mais do que alguns poucos dias. Vez ou outra, nessas ocasiões, tinha ido visitar os pais e alguns velhos amigos. Gillian ajudava Evan quando Margie não estava, mas ela sempre voltava rápido. Assim, os três tinham formado uma família, e ela era incluída nos passeios, nas noites de filme, nas sessões de jogatina e na hora de contar histórias. Quando Evan estava do outro lado do oceano, Margie se tornava o mundo de Jake. E o próprio menino se tornara seu mundo, de modo que ela não conseguia acreditar que ficaria bem quando ele se fosse.

Seus pais insistiam que ela voltasse para casa.

"Você vai ficar arrasada quando o garoto morrer. É melhor dar no pé o quanto antes", aconselhara o pai.

Era bem típico do fuzileiro aposentado tirar os sentimentos da equação. Como se ela fosse capaz de abandonar o corpo decadente de Jake na UTI, juntar seus trapinhos e ir embora, sem nem se lembrar de que um dia o conhecera. O mero pensamento a deixava tão irritada que queria atravessar a linha telefônica e estrangular o próprio pai.

"E aquela história de não deixar ninguém para trás, pai?"

"Por que acha que sugeri a demissão?", respondera ele. "Quero que você volte para casa inteira."

"Já é tarde demais para isso."

Margie só teria que enfrentar a situação, como sempre fazia.

Mas, então, ela recebeu aquela ligação.

Margie e Gillian estavam preparando cookies com gotas de chocolate. Não era um bom dia para isso, pois o calor era tanto que talvez daria para assar os biscoitos no asfalto — mas Jake tinha pedido biscoitos caseiros, e Margie jamais negaria isso ao menino.

Então lá estavam as duas, suando em bicas na cozinha. Margie avisara que não precisava de ajuda, mas a vizinha insistira. Disse que não seria ruim se perdesse um quilinho ou outro de tanto suar, embora estivesse claro que Gillian estava ali para oferecer apoio moral.

Ainda bem que estava ali.

Desde que começara a trabalhar para Evan, Margie sabia que receber aquela ligação era uma possibilidade. Ainda assim, nunca a esperava de verdade. Ficava tão imersa nos cuidados de Jake que até se esquecia do mundo precário do patrão.

Assim, quando aconteceu, ela não estava preparada. Ainda mais porque foi Michael quem ligou.

— Alô, Margie? — falou o homem do outro lado da linha. Sua voz rouca e ríspida era inconfundível.

— Oi, Michael.

— Fui informado de que Evan faleceu.

As pernas de Margie bambearam. Se Gillian não estivesse ali, ela teria batido com a cabeça na bancada da cozinha. Em vez disso, caiu em cima da mulher — que, embora fosse robusta, era mais macia do que o mármore do balcão. A vizinha logo a abraçara e a ajudara a se levantar.

— Ao que parece, um explosivo improvisado atingiu o veículo em que ele estava — continuou Michael.

Margie ficou ali, agarrada ao telefone, tentando respirar. Só vira Michael uma vez, e sabia que a forma como o homem processava o mundo era muito peculiar, mas receber a notícia daquela forma era...

— Ainda está aí? — perguntou o irmão de Evan.

Ela tentou falar, mas não conseguiu. Pigarreou.

— Estou.

— Recebi o testamento de Evan. Ele nomeou você tutora de Jake, e te deixou a casa e algumas economias. Sou o executor do testamento. Vou seguir os procedimentos e preencher a papelada antes de levar os documentos para você assinar assim que estiver tudo pronto.

Margie não encontrou uma palavra em sua mente que fizesse sentido. Com isso, Gillian pegou o telefone da mão dela.

A voz de Margie demorou mais de uma hora para voltar ao normal. Gillian tomou conta de tudo nesse intervalo. Enquanto Margie repousava na cadeira de espaldar reto e assento duro diante da mesa de carvalho perto da cozinha, a vizinha arrancou mais detalhes de Michael, viu se Jake estava bem, levou um copo d'água para a amiga, terminou de assar os biscoitos e buscou as roupas lavadas no porão. Gillian só chorou quando começou a dobrar com esmero as camisetas do menino. Margie, por sua vez, não parara de chorar desde a ligação.

Depois de terminar de organizar as roupas, elas ficaram sentadas ali, de mãos dadas, encarando a mesa. A mente de Margie parecia vazia. Bem, não por completo — ela tentava descobrir como fazer a língua voltar a obedecer aos comandos.

Enfim, conseguiu se recompor.

— Não estou chorando por causa do Evan — explicou Margie.

A vizinha ergueu os olhos, assentindo.

— Eu sei.

Margie enxugou as lágrimas.

— Mas me sinto péssima. Digo, é lógico que estou arrasada com a morte dele.

Ela fungou.

Gillian empurrou uma caixa de lencinhos na direção dela, que a ignorou e limpou o nariz com as costas da mão.

— Estou triste por causa do Jake — continuou, afundando o rosto entre as mãos. — Como vou contar uma coisa dessas para ele?

As palavras, abafadas pelos dedos, pareciam tão pesadas quanto seus pensamentos.

A amiga pousou a mão no ombro de Margie, que a encarou.

— A equipe de oncologia acha que ele não tem muito tempo de vida — sussurrou, como se dizer as palavras num tom normal fosse apressar o momento em que aquilo se tornaria verdade.

Gillian apertou os lábios, os olhos marejando.

— Conheço Jake desde que ele era pequeno. — A voz da vizinha saiu embargada, e ela pigarreou antes de continuar: — Evan e Roxanne se mudaram para cá quando Jake tinha dois anos. Na época, ele já era criativo e bonzinho — contou, sorrindo. — Amo meus filhos, mas eles são uns ogrinhos comparados ao Jake. Fico com o coração partido ao pensar que…

A mulher balançou a cabeça e deu um tapa na mesa.

— Bom, não vai levar a lugar algum tentar entender o porquê das coisas ou lamentar os fatos — continuou. — Só nos resta seguir em frente.

Margie assentiu, queria fazer qualquer outra coisa.

— Certo, vou preparar uma limonada — anunciou Gillian. — Você vai beber um copo e pensar direitinho no melhor momento de dar a notícia para Jake.

Margie concordou. A sensação era como se olhasse a si mesma de fora, vendo seu corpo fazer coisas como assentir, se sentar e dobrar a roupa lavada. Ela se sentia separada de seu eu. Receber a ligação sobre Evan a desconectara das preocupações cotidianas.

— Achei ótimo que é o Michael quem vai cuidar do testamento do irmão — comentou Gillian, partindo um limão siciliano.

O aroma cítrico preencheu o cômodo, atraindo Margie de volta ao próprio corpo.

— Nunca o conheci pessoalmente — continuou ela. — Ele pareceu meio… bom, frio ao telefone.

— Ele é um gênio da matemática, gerencia o dinheiro de pessoas ricas e é ótimo nisso — contou Margie, enxugando o rosto. — Não é má pessoa. Só não sabe como se conectar com os outros. Não sente as coisas como nós.

— Acho que o invejo por isso — comentou Gillian.

— É, eu também.

— O robô tímido sabia que precisava falar sobre a pane. Se não falasse, a nave poderia cair. Mas ele não conseguia criar coragem. Tudo que fazia era soltar barulhinhos robóticos. — Margie pigarreou e, numa voz muito aguda, começou: — Blipe. Blipiti blopiti blupe. Blope, blupe, blipe, bliiiiiipe.

Jake tentou sorrir, porque sabia que a ideia era aquilo ser engraçado, mas não tinha energia o bastante. Estava ouvindo apenas parcialmente a história de Margie. Apesar das tentativas dela de deixá-lo confortável, o menino se sentia tão incomodado que até prestar atenção era difícil — e, além do mais, a história não era lá grandes coisas. Na maioria das vezes, Margie contava histórias incríveis, narrativas empolgantes cheias de personagens interessantes fazendo coisas legais. Naquela noite, porém, os personagens de Margie eram chatos. O robô tímido era meio bobo, mas claro que o menino jamais falaria aquilo para ela.

Podia dizer que estava cansado, porém, e foi o que fez.

Margie franziu a testa e se aproximou de Jake. Inclinou a cabeça de lado para observar o rosto do menino. Depois, pegou seu braço e conferiu a pulsação. A mulher estava suada, com fios de cabelo colados ao pescoço e ao rosto, apesar da tentativa do ventilador de soprá-los.

Jake via o ventilador como um guerreiro lutando contra um dragão que cuspia fogo em todo o cômodo. Naquela noite, o cavaleiro estava perdendo de lavada.

Margie soltou o punho dele e ajeitou o acesso intravenoso. Naquela manhã, uma enfermeira tinha ido instalar o aparato porque Jake não estava conseguindo manter a comida no estômago. A agulha no dorso da mão cutucava e doía. Ele a odiava, mas não reclamou. Também não reclamou do cateter. Era algo que odiava ainda mais do que o acesso, mas estava muito fraco para fazer suas necessidades sozinho, e não era mais um bebê para fazer xixi na cama.

— Você quer alguma coisa? — perguntou Margie.

— Não preciso de nada. Só quero ir dormir.

A mulher mordiscou o lábio por um segundo, depois assentiu e entregou Taquinho ao menino. Jake sabia que dormir abraçado à pelúcia o deixaria com calor, mas puxou o taco fofinho para junto do corpo.

Na verdade, não estava com um pingo de sono. Só queria conversar com Simon. Estava empolgado para a visita do amigo naquela noite, porque havia pensado em coisas legais que Jake de verdade teria feito durante o dia. Estava tão calor que parecia que o ar não era mais ar. Lava fluía pelo quarto, abafando tudo que tocava. Jake mal conseguia respirar.

Mas embora estivesse deitado na cama, fraco demais para fazer qualquer coisa além de erguer a mão, decidiu que queria estar na praia. Se estivesse na praia num calor daquele, poderia mergulhar no mar e se refrescar. Talvez pudesse pegar algumas ondas ou quem sabe até aprender a surfar de verdade, com prancha e tudo. Não via a hora de contar para Simon que havia feito aquelas coisas!

Margie se aproximou e deu um beijo na testa de Jake. Ela estava com um hálito esquisito. De primeira, parecia limonada, mas depois havia algo ruim, que lembrava vômito... Ou será que ele estava sentindo o cheiro do próprio hálito? Afinal, tinha vomitado uma coisa amarela nojenta algumas vezes ao longo da tarde.

O menino fechou os olhos e, como sempre, Margie não se afastou. Ficou ao lado da cama, olhando. Ele manteve as pálpebras fechadas e aguardou.

Ouviu um som de farfalhar e abriu uma frestinha do olho para ver se Margie tinha ido embora. Não. Só se ajeitara no lugar.

Vários minutos se passaram. Ele teve a impressão de escutar um soluço, e ficou tentado a abrir os olhos e espiar Margie. Mas permaneceu imóvel.

— Jake?

Ele abriu os olhos. Margie nunca o chamava enquanto ele fingia estar dormindo.

— Oi.

— Acho que o Simon não vem visitar você hoje.

Jake piscou, surpreso.

— Como você sabe que ele vem na hora de dormir?

Margie deu uma piscadela. O menino sabia que a intenção era animá-lo, mas o gesto pareceu errado, meio estranho e fora de hora.

— Eu sei de tudo, garoto.

As palavras dela também não soavam normais. A voz, geralmente animada, parecia sobreposta por algo que Jake não conseguia identificar.

— Não, sério… — falou ele.

Jake não estava no clima para brincadeiras, menos ainda quando a brincadeira não funcionava.

Margie se sentou na beirada da cama.

— Eu escutei você falando com ele atrás da porta — admitiu.

— Você ficou bisbilhotando?

— É meu trabalho garantir que você esteja bem. Quando ouço algo acontecendo no seu quarto, preciso dar uma olhada.

Jake pensou no assunto. Decidiu que fazia sentido. Não era como se estivesse contando segredos ao amigo. Não ligava que Margie soubesse das coisas divertidas que Jake de verdade andava fazendo.

Ele franziu as sobrancelhas.

— Mas me diz, por que Simon não vem hoje?

Margie piscou várias vezes, depois engoliu em seco.

— Bom, ele só... não pode. Sabe quando às vezes você não consegue fazer uma coisa, mesmo querendo muito?

O garoto assentiu.

— Foi mais ou menos isso que aconteceu — acrescentou ela.

Jake esfregou os olhos para não mostrar como estava chateado. Por alguma razão, não queria que Margie o visse decepcionado daquele jeito.

— Tudo bem — disse ele.

Margie assentiu.

— Você que não quer mesmo que eu termine a história?

Ele balançou a cabeça e voltou a fechar os olhos.

— Vou só dormir.

Margie se inclinou e o beijou de novo. As bochechas dos dois se tocaram, e Jake notou que a dela estava úmida.

Margie mal conseguiu chegar à porta do quarto antes de as pernas cederem. Fechou a porta depressa e deslizou pela parede até o chão, se esparramando como uma boneca de pano, com as pernas esticadas no piso de madeira. A pele suada chiou ao tocar a superfície polida.

As lágrimas que tentara reprimir no quarto, aquelas que tinham começado a escorrer pelo rosto apesar da determinação em segurá-las, ameaçavam transbordar como a água de um reservatório depois de aberta a comporta. Mas Margie não permitiu que escapassem. Caso se entregasse ao choro, Jake a escutaria. E não podia permitir que o garoto a ouvisse chorar.

Então soltou apenas alguns soluços silenciosos, os ombros chacoalhando com o movimento. Em seguida, agarrou o cabelo com as mãos e balançou o corpo. Passado um tempo, sem saber ao certo quanto, Margie enfim se sentiu disposta e forte o bastante para se levantar. Pressionando as costas contra a parede, se ergueu até ficar de pé. Fez uma pausa para ouvir a babá eletrônica, depois avançou pelo corredor até o banheiro. Acabou parando diante do quarto de Evan.

Olhou para a porta. Depois, pousou a mão na maçaneta.

Nunca entrara no quarto durante a ausência dele. Quando Evan estava em casa, Margie no máximo ia até lá para passar o aspirador de pó, pegar as roupas sujas ou coisa do gênero. Quando o homem estava a serviço, porém, entrar ali parecia uma invasão de privacidade.

Mas Evan havia *partido*. E aquela casa pertencia a ela. Ainda não conseguia acreditar em tudo o que acontecera.

O quarto de Evan seria dela. O homem tinha inclusive lhe oferecido o cômodo no início do contrato.

"Faz sentido", dissera ele. "Você vai ficar pertinho do Jake, e a cama é maior. Isso sem contar que é mais fresco no verão."

Isso, e eu dormiria na sua cama, pensara ela.

"Não, obrigada. Na verdade, preciso do meu espaço", respondera.

Foi só depois da ligação de Michael que Margie se deu conta de que desejava que Evan fosse mais do que um patrão, e que permanecer naquele quarto em sua ausência pareceria o comportamento de uma obsessiva apaixonada.

Eu o amo como se fosse meu irmão. Ela bufou. Caramba, como vinha mentindo para si mesma...

Por fim, abriu a porta e entrou no quarto de Evan. Estava do jeito que ela se lembrava: os móveis de cerejeira em estilo missionário, as cortinas e mantas em tons verdes e terrosos. O cômodo era discretamente masculino. Arrumado, mas não tanto, transparecia a personalidade de Evan. As paredes eram repletas de fotos de família. Predominavam as de Jake, primeiro feliz e depois não tão feliz assim. As prateleiras estavam abarrotadas de livros que iam de mistérios em edição de bolso a clássicos em capa dura, não ficções de gêneros variados e guias com instruções para fazer todo o tipo de coisa, de restaurar carros a cuidar de jardins. Jake herdara do pai aquele desejo insaciável por conhecimento.

Indo até a cama *queen-size*, Margie inalou o leve cheiro de mofo do ambiente. Precisaria arejar um pouco o espaço.

Depois se sentou na beirada do colchão, mas ficou de pé na mesma hora. Era cedo demais. Não conseguia ficar ali.

Saiu do quarto às pressas, fechou a porta e foi até o banheiro, onde assoou o nariz várias vezes. Abriu a torneira de água gelada e molhou o rosto.

Quando o enxugou, arriscou se olhar no espelho. Péssima ideia. Estava com a maquiagem borrada, então devia ter manchado toda a toalha. Dito e feito. O tecido bege estava repleto de marcas marrons e pretas. Em seguida, esticou a mão na direção do armário de remédios, onde pegou um demaquilante e limpou o rosto. Depois, recolheu as toalhas. Talvez fosse melhor colocar tudo para lavar naquele momento, já que não ia pregar os olhos tão cedo.

• • •

Margie se sentou na cama. *O que era aquilo?*

Numa prova de como sabia pouco sobre si mesma, a mulher tinha caído no sono na cadeira de praia do porão enquanto as toalhas lavavam. Assim, depois de colocar tudo na secadora, foi direto para a cama. Usando só top e short, se esparramou sobre as cobertas. O ventilador estava voltado diretamente para ela, mas o ar quente só servia para fazer cócegas nos pelinhos dos braços. De olhos fechados, enfim tinha se entregado ao forno opressor que o quarto se tornara, e adormecera quase no mesmo instante.

De repente, estava acordada. Será que tinha mesmo ouvido alguma coisa?

Vozes. Podia ouvir vozes.

As luzes do poste lá fora e da lua crescente adentravam o quarto pela cortina aberta logo acima da cama. A iluminação era suficiente para permitir a visão da mesinha de cabeceira.

Onde estava a babá eletrônica?

Margie arquejou. Tinha esquecido o aparelho no porão.

Saltando da cama, saiu do quarto e desceu a escada que levava ao térreo. Então se deteve. Ainda podia ouvir as vozes, mas não passavam de murmúrios. Não conseguia distinguir as palavras, nem as vozes em si. Eram masculinas? Femininas?

Era Jake? Se sim, com quem estava conversando?

Em vez de ir até o porão buscar a babá eletrônica, Margie seguiu na direção do quarto do garoto. O corredor estava escuro, mas ela foi tateando o caminho.

Deslizando os dedos pelo painel de madeira que revestia o corredor, aguçou a audição conforme avançava. Teve a impressão de que as vozes ficavam mais altas — quando chegou à porta de Jake, elas se silenciaram.

Margie ficou imóvel, atenta.

Dentro do quarto, o ventilador zumbia num ritmo alternado entre agudo e grave. Da cozinha, a geladeira adicionava seus rangidos ao coro de motores; mesmo de longe, o ventilador de Margie também contribuía com a sinfonia. Lá fora, um cachorro latiu. A casa soltou um ruído, como se estivesse estalando os dedos... Como se casas pudessem fazer algo assim.

Margie havia demorado um bom tempo para se acostumar com os constantes rangidos e estalos do bangalô. Nas noites escuras de inverno, chegava a se perguntar se a casa estava viva. A construção parecia desconfortável, como se buscasse se ajeitar numa posição melhor. No verão, porém, parecia muito mais feliz, embora vez ou outra soltasse um som inexplicável que fazia Margie congelar no lugar.

Mas barulhos eram uma coisa; vozes, outra. E Margie não estava mais ouvindo vozes.

Espalmou a mão na porta de Jake, tentada a abrir e entrar. Sabia, porém, que as visitas noturnas o incomodavam. Não queria acordar o menino se ele estivesse mesmo dormindo.

Então, decidiu apenas buscar a babá eletrônica e voltar para a cama.

Quando foi ver como Jake estava na manhã seguinte, sabia que não podia mais adiar o que vinha evitando.

— Oi, Margie — sussurrou o menino quando a viu.

Mal conseguia manter os olhos abertos. A pele dele estava com um tom quase translúcido de cinza, tão esticada que dava para ver os contornos perfeitos dos ossos do rosto e do crânio.

Estava com a aparência muito mais próxima de um cadáver do que Margie gostaria de admitir.

— E aí, carinha?

Ela chegou mais perto, dando a volta na cama como se fosse um dia como qualquer outro.

— Aposto que você não adivinha a previsão do tempo para hoje — falou Margie.

— Hum... Calor?

— Uau, acertou! Que espertinho!

Jake se esforçou para sorrir. Ela o viu passar a língua pelas pequenas rachaduras nos lábios. Era nítido que a boca doía.

Margie pegou um hidratante labial na mesinha de cabeceira e o aplicou nos lábios dele.

— Qual vai ser nossa primeira missão do dia? Voar até a lua ou construir uma espaçonave?

— Você é muito boba — brincou Jake.

— Já me chamaram de coisas piores.

Ela estalou os dedos.

— Ah, já sei. A gente vai construir um robô primeiro. Depois *ele* pode construir uma espaçonave para levar a gente até a lua.

— Margie?

A mulher se deteve. Olhou para ele, franziu a testa e se sentou na cama.

— O que foi?

— Não quero brincar de faz de conta hoje.

Ela respirou fundo. Pegou a mão ossuda e fraca de Jake.

— Tudo bem. Não vou forçar você a nada. Não quero te deixar chateado.

— Obrigado.

— Isso seria péssimo — acrescentou Margie.

— Bota péssimo nisso — completaram os dois em uníssono.

Em seguida, Jake voltou a dormir.

Usando uma blusa cinza que não vestia havia anos, Margie se sentou à mesa de jantar e, metódica, picotou cada uma das suas camisetas com carinhas felizes. *Pssss, tique, pssss, tique...* O som da tesoura deslizando pelo tecido e depois se fechando era surpreendentemente satisfatório. Ela se perdeu na tarefa. Seguiu cortando, sem hesitar. Continuou mesmo depois que seus músculos começaram a doer. Quando destruiu a última carinha amarela e feliz, jogou os retalhos na pilha e, com cuidado, largou a tesoura.

Foi quando Gillian surgiu à porta, como se soubesse que ela precisaria de ajuda com a próxima tarefa.

Margie foi para a sala de estar e fez sinal para que ela entrasse. Ao ver a amiga, as lágrimas de Margie voltaram. Gillian pegou a mão dela entre as suas e apertou. A cuidadora sentiu o queixo da vizinha apoiado no topo da cabeça, se movendo ao mascar chiclete. O cheiro de hortelã tomou o ambiente.

— Você consegue — falou Gillian.

Será que conseguiria mesmo? Margie não tinha tanta certeza.

— As crianças saíram numa excursão com os amigos — contou a vizinha. — Dave está no trabalho. Estou aqui. O que a gente precisa fazer agora?

— Está na hora de ligar para o hospital e pedir a transferência do Jake para a UTI.

Os olhos de Gillian marejaram, mas ela esfregou as mãos e disse:

— Então vamos nos sentar e resolver isso.

A mulher achou que o processo seria complicado, mas o dr. Bederman tinha deixado tudo encaminhado para a transferência de Jake. A papelada estava pronta. Só precisavam mandar uma ambulância com alguns paramédicos e uma enfermeira da UTI.

— Podemos pedir que a ambulância chegue aí ao meio-dia — informou a funcionária para Margie.

— Eu agradeço — respondeu ela, mas não se sentia nada grata.

Estava ressentida. Brava. Com raiva.

Como Jake tinha chegado àquele ponto mesmo com tanto amor, carinho e pensamentos positivos? Margie tinha certeza de que ele ficaria bem.

Lá fora, um carrinho de sorvete passou. A música aguda de repente soou estranhamente agourenta.

A ambulância chegou pouco depois das onze e meia da manhã. O estômago de Margie embrulhou quando ela viu o veículo se aproximando. Não conseguia se lembrar da última vez que temera tanto alguma coisa.

Vinha conferindo a babá eletrônica a cada instante desde a ligação para o hospital. Não escutara nada. Tinha ido dar uma espiada em Jake uma vez, e o encontrara encolhido e abraçado a Taquinho, com os ombros se movendo para cima e para baixo no ritmo da sua respiração irregular. Ela cogitou ir até lá e contar o que iria acontecer, mas não conseguiu criar coragem.

Precisava contar muitas coisas para o menino. Primeiro, claro, que o pai dele havia morrido. Depois, obviamente teria que revelar a identidade do seu visitante noturno. Saber que o pai o amava tanto a ponto de orquestrar aquele truque não seria mais reconfortante do que acreditar que um amigo sem nome e sem rosto morava dentro do armário? E, por fim, teria que dizer para onde ele estava indo.

O plano era fazer tudo aquilo antes da chegada da ambulância, mas já não dava mais tempo. Certo, talvez pudesse esperar o menino se acomodar na UTI antes de contar qualquer coisa.

Margie andou de um lado para o outro da sala conforme a ambulância entrava na garagem. Gillian estava sentada na espreguiçadeira ao lado da porta, com as mãos aninhadas sobre o colo e os olhos fechados.

Durante os primeiros minutos depois da ligação ao hospital, a vizinha tentara puxar assunto com Margie. Havia tentado fazer a amiga falar como se sentia — mas ela não estava pronta para isso, e Gillian interpretara as respostas monossilábicas como uma súplica por silêncio. Mesmo assim, continuara ali. Margie ficou grata. Por mais que não quisesse conversar, não conseguia encarar aquela situação sozinha.

— Eu abro a porta, pode deixar — avisou Gillian, enquanto dois jovens paramédicos loiros e uma enfermeira de meia-idade e cabelo preto saíam da ambulância.

Os paramédicos tiraram a maca da parte de trás do veículo, e a enfermeira se aproximou da porta, munida de uma prancheta e uma bolsa de soro com remédios.

Gillian abriu a porta.

— Meu nome é Gillian. Sou amiga da família e vizinha. Essa é Margie. Ela é a cuida... Digo, a tutora do Jake.

A mulher baixinha de rosto redondo e gentil estendeu a mão. Margie cumprimentou a enfermeira, mas continuou em silêncio. O que diria? *Obrigada por ter vindo?*

— Meu nome é Nancy — disse a mulher, sorrindo para as duas.

Dava para ver que era uma enfermeira experiente; seu sorriso era amplo o bastante para ser amigável, mas reservado o suficiente para expressar seu respeito pela situação.

— Preciso que a senhora assine alguns documentos — continuou, dirigindo-se a Margie.

Os paramédicos abriram a porta de tela e entraram com a maca. As rodinhas fizeram barulho ao passar pela soleira, e Margie teve a sensação de estar vendo a casa ser invadida por intrusos armados. Queria lutar contra eles e forçá-los a ir embora — o que era ridículo, pois ela mesmo os chamara.

— Só um segundo, rapazes — pediu Nancy, e estendeu a prancheta para Margie. — Assina aqui e aqui, para a admissão na UTI e para confirmar que vamos fornecer apenas cuidados paliativos. Depois, vamos poder transferir e acomodar Jake.

Margie assinou os papéis, mantendo-se tão calma quanto possível. Mas não teve sucesso Ela parecia estar assinando um papel que atestava seu total e completo fracasso como cuidadora, talvez até como ser humano.

— Tudo certo — avisou a enfermeira, e devolveu os formulários à prancheta. — Prontinho. Vamos ver o Jake?

Margie sentiu os músculos se tensionarem. Gillian deve ter percebido, porque lhe estendeu a mão para ajudá-la a se levantar da cadeira.

— Você está fazendo a coisa certa — sussurrou no ouvido de Margie quando ela ficou de pé. — É por ali — acrescentou, se virando para os paramédicos.

Depois os guiou pela sala de estar e ao longo do corredor, parando diante do quarto de Jake. Olhou de soslaio para Margie, aguardando.

A tutora do garoto abriu a porta.

No instante em que entrou no quarto, ela soube. Sentiu.

O cômodo estava estagnado demais, vazio demais, embora o corpo decadente do pobre menino ainda jazesse na cama. Jake havia partido.

Ao ver que Margie havia congelado na porta, Gillian quase a carregou para fora para dar passagem aos paramédicos e à enfermeira. Não falou nada. Margie tinha quase certeza de que a amiga também estava ciente da partida de Jake.

Nancy provavelmente sentiu também, porque franziu a testa. Avançou a passos largos até a cama, checando a pulsação de Jake. Olhou para os paramédicos e assentiu. Eles pararam de empurrar a maca, com os olhos fixos no chão.

A enfermeira se voltou para Margie.

— Sinto muito. Ele faleceu.

Margie assentiu. Dessa vez, seus olhos estavam secos. O que sentia era grande demais para ser extravasado por simples lágrimas. O que sentia exigia um acesso de gritos ou um surto completo. Como não era hora de nenhuma das duas coisas, ficou sem reação. Era um vácuo humano. Queria se encolher em posição fetal e sucumbir. Queria deixar o vazio a arrancar daquele cômodo, daquela realidade. Mas sabia que não escaparia tão fácil assim.

Então Margie forçou as pernas e foi até a cama de Jake. O corpo do menino parecia pequeno e frágil. Ela se inclinou e tocou a testa dele com os lábios.

— Eu te amo, Jake. Te amo muito, muito mesmo.

A ponta de Taquinho fez cócegas no queixo dela.

Gillian se aproximou por trás, sussurrando:

— Tchau, Jake.

Os três socorristas não tinham razão para notar que havia algo diferente ali. Até onde sabiam, tudo aquilo era normal. Nem mesmo Gillian teria percebido. Talvez tivesse até reparado, mas não saberia atribuir significado ao fato.

Já Margie? Ela teria entendido — mas a mulher não viu. Ninguém viu.

Cinco pessoas. Cinco pares de olhos.

E ninguém notou que a porta do pequeno armário estava escancarada.

ESCONDE-
-ESCONDE

— Toby! Toby! Toby! — entoou o grupo de crianças na Pizzaria e Fliperama Freddy Fazbear's, ao ver Toby Billings debruçado sobre o fliperama de *Ultimate Battle Warrior*.

Com a mão esquerda, o garoto segurava o joystick com força, movendo o controle de um lado para o outro e de cima para baixo. Com a direita, socava os botões de ação para que o guerreiro na tela explodisse a cara e chutasse a barriga do carniçal inimigo. Várias e várias vezes. A criatura jorrava sangue preto e fluidos verdes.

Era sensacional.

O suor se acumulava acima do lábio de Toby. O garoto rolou o palito de dente mentolado de um canto da boca para o outro. Os músculos de seus braços doíam de tão contraídos. Estava prestes a bater o recorde de maior pontuação de *Ultimate Battle Warrior*. Queria *muito* aquela conquista. Passara a semana inteira focado no jogo, e estava quase lá... Quase.

Continuou a socar o oponente sem parar.

Bum! Morre, desgraçado!

A palavra VITÓRIA lampejou na tela.

Toby se afastou do fliperama, erguendo os braços.

— *Aí sim!*

Alguém deu um tapinha nas costas dele.

— Mandou bem, Toby!

— Toma essa, babaca!

Toby socou o ar, sorrindo.

— Você *merece* esse recorde, cara.

O jovem suspirou, estalou as juntas dos dedos e inseriu suas iniciais — TAB — na tabela de pontuação do jogo, batendo o pé no chão enquanto esperava o ranking ser atualizado.

Sentiu o sorriso sumir, incrédulo.

Nem ferrando. Ele continuava em segundo lugar.

O fracasso foi como uma rocha atingindo sua barriga com tudo.

— Poxa… Seu irmão *continua* com a maior pontuação! Que saco!

Toby apertou os controles. De fato, as iniciais COB, pertencentes ao irmão mais velho, Connor, ainda apareciam na primeira colocação.

Sempre o melhor em tudo.

Com a mandíbula cerrada, ele socou o fliperama com força. *Que droga!*

As crianças começaram a se dispersar, exceto o moleque irritante chamado Reggie.

— Não liga pra isso — falou o garoto, tomando seu milk-shake de canudinho. O cabelo dele era um amontoado de cachos ruivos, uma aura cintilando ao redor da cabeça. — Você vai ganhar do seu irmão um dia. Faltam só mil pontos. Isso é fichinha.

Toby fez uma careta. Connor constava como primeiro colocado em todos os jogos da Pizzaria e Fliperama Freddy Fazbear's. O garoto tinha certeza de que pelo menos *aquele* recorde seria dele. Estalou as juntas dos dedos outra vez e virou de costas para o fliperama idiota. Depois, pegou o copo da mesa ao lado e tomou um gole do refrigerante sem gás.

— Ainda tem o *Esconde-esconde* — continuou Reggie. — Colocaram esse na semana passada, então seu irmão ainda nem jogou. Digo, não vi Connor jogando, pelo menos. Você também não. Se jogar um pouco, vai criar certa vantagem. Problema resolvido.

Era justamente por isso que Toby não contara ao irmão sobre a nova atração do lugar. Queria jogar primeiro e ficar com a liderança. Connor trabalhara meio período na Freddy's na época do ensino médio. Passava todos os intervalos jogando e ainda ficava mais um tempo depois do expediente para explorar as máquinas de fliperama até conseguir a primeira colocação em todos os jogos. Como o irmão já havia se formado e — nas suas próprias palavras — arrumado um *emprego de verdade*, Toby assumira seu lugar, limpando e servindo de ajudante na pizzaria de ambiente familiar.

Caramba, ele só queria ganhar do irmão em algum jogo, só uma vez. Era pedir demais?

Toby ajustou o gorro que usava.

— Talvez seja uma boa.

A fila do jogo novo não parava de aumentar, e Toby teria que esperar todas as criancinhas idiotas terminarem de jogar se quisesse conhecer a atração. Mas ainda faltava meia hora para o início do turno, então teria um tempinho para jogar uma partida e se familiarizar com o jogo.

— Até mais, cara — murmurou para Reggie.

— Vai lá e arrasa, Toby! — gritou o garoto, depois soltou um assovio irritante.

Aquele cara era bem bizarro.

Enquanto atravessava a área lotada, Toby ouviu o som de bolas derrubando pinos na pequena pista de boliche. Vozes indistintas se misturavam às trilhas dos jogos, ecoando nos ouvidos dele. Eram sons com os quais já estava acostumado depois de seis meses trabalhando na pizzaria. Sentia o cheiro de pipoca amanteigada, algodão-doce e, claro, pizza, fora o ocasional mau cheiro sempre que se aproximava de um grupinho de crianças suadas. Passou pela arena de armas a laser e pela lojinha de recompensas até enfim parar diante da nova atração, *Esconde-*

-esconde. A sombra da silhueta de Bonnie, o Coelho, acompanhava a logo. VENHA ME ENCONTRAR!, era o slogan sob o título do jogo.

Toby inseriu algumas fichas na máquina e abriu a porta do recinto. Passou pelo batente, analisando os detalhes enquanto os alto-falantes emitiam uma musiquinha instrumental. O espaço era dividido como regiões de uma cidade, com um trilho que serpenteava pelas paredes; alguns trechos ficavam escondidos atrás de cenários recortados em madeira. Havia um parque, uma loja, uma escola, uma delegacia e, claro, uma pizzaria. Cada seção exibia cerca de três recortes de madeira onde Bonnie poderia se esconder. Rente a toda extensão da parede havia uma cerca para impedir as crianças de espiarem atrás das peças de madeira, o que acabaria com a graça do jogo. As regras piscavam numa grande tela que pendia do teto.

AS REGRAS SÃO SIMPLES...

DESCUBRA O ESCONDERIJO DE BONNIE.

SE NÃO CONSEGUIR DEPOIS DE TRÊS TENTATIVAS

OU TRÊS MINUTOS, VOCÊ PERDE!

"*Bem-vindo ao* Esconde-esconde*! Insira seu nome para tentar encontrar Bonnie. Que seja dada a largada!*", entoou uma voz grave vinda de um alto-falante na parede.

Toby estalou as juntas dos dedos.

— Deixa comigo — murmurou, digitando o próprio nome. — Você já é meu, coelhinho.

"*Vamos lá, Toby!*"

Um recorte preto e bidimensional de Bonnie deslizou pelo trilho na parede. A sala mergulhou no breu. Dava para ouvir o som do coelho se movendo pelo cômodo.

"*Três... Dois... Um!*"

As luzes voltaram a se acender.

Toby piscou, atônito. Não havia nem sinal de Bonnie.

Ele tirou o palito de dente da boca e o girou entre os dedos. Mordeu o lábio, analisando os possíveis esconderijos. Para adivinhar a localização de Bonnie, bastava ir até um dos locais do jogo e apertar um botão correspondente a um dos esconderijos. Toby devolveu o palito à boca e seguiu até a delegacia, apertando o botão que representava a mesa do delegado.

"*Que pena! Bonnie não está aqui*"

Toby analisou o espaço, coçando o queixo. Só podia ser a pizzaria, então. Foi até lá e apertou o botão que representava uma cozinha, fazendo as portas se abrirem.

"*Que pena! Bonnie não está aqui!*"

Última tentativa...

Ele se aproximou da escola e apertou o botão da mesa do diretor.

"*Ops, você perdeu!*"

Bonnie surgiu de dentro da cela na delegacia.

"*Boa sorte na próxima, Toby!*"

O garoto fez uma careta. O jogo não era lá grandes coisas, mas queria vencer mesmo assim. Ergueu o rosto e observou a tela pendurada no teto. Alguém já tinha conquistado o recorde de menor tempo. Tom, com dois minutos e cinquenta e oito segundos.

Isso é fichinha.

Toby se virou ao ouvir a porta da sala se abrir às suas costas.

"*Bem-vindo ao* Esconde-esconde*! Insira seu nome para tentar encontrar Bonnie. Que seja dada a largada!*"

Uma criancinha surgiu, usando um chapéu de festa colorido do Freddy Fazbear.

— Ei, garoto, é minha vez agora — reclamou o menino, todo emburrado.

Toby pegou algumas fichas no bolso e as enfiou na mão do menino antes de empurrá-lo pela porta.

— Ainda tenho mais uma tentativa — alegou.

— Ei, não é justo! É minha vez!

— Para de ficar choramingando. É rapidinho.

Toby bateu a porta na cara da criança e digitou o próprio nome de novo.

"*Vamos lá, Toby!*"

Bonnie surgiu no trilho, o cômodo escureceu e o cronômetro começou a correr. Dava para ouvir os ruídos baixinhos dos movimentos de Bonnie. Assim que as luzes voltaram a se acender, Toby correu até a loja e apertou o botão referente ao balcão da padaria.

"*Que pena! Bonnie não está aqui!*"

Depois correu até o parque e escolheu uma árvore.

"*Que pena! Bonnie não está aqui!*"

Com os dentes cerrados, Toby avançou rápido até a pizzaria, apertando o botão do jogo com a mão espalmada.

"*Ops, você perdeu!*"

Bonnie deslizou de trás de uma das moitas do parque.

"*Boa sorte na próxima, Toby!*"

Ele cuspiu o palito no chão, sentindo a raiva revirar seu estômago. Cerrou os punhos e saiu pela porta da atração. Precisava começar seu turno de trabalho.

Jogo idiota.

Toby foi a pé para casa depois do serviço. Ouviu a TV ligada e revirou os olhos. Aquilo significava que Connor já tinha chegado. Que ótimo... O pai trabalhava de madrugada num depósito e passava a maior parte das noites fora, então geralmente os irmãos ficavam sozinhos.

Ele largou uma caixa de pizza com algumas fatias na mesa da cozinha e se serviu de uma de pepperoni. Estava irritado porque havia jogado mais algumas partidas de *Esconde-esconde* antes de ir embora, mas não encontrara o coelho escondido. O jogo nem era muito complicado. Como podia ser tão difícil encontrar Bonnie?

— É você, Tobezinho? — gritou Connor.

Quem mais seria?

Toby entrou na sala de estar, atento, e em seguida se apoiou na parede.

— Sim, sou eu.

Connor estava esparramado na poltrona reclinável do pai assistindo a uma partida de beisebol. Vestia uma camisa de botão manchada de graxa. A bochecha e os braços também estavam sujos. Apenas as mãos estavam quase limpas, exceto pelo óleo preto sob as unhas.

Ele se virou para o caçula e sorriu.

Ganhou de mim em algum jogo?

— Ganhou de mim em algum jogo, maninho? — questionou Connor.

Uau, que surpresa essa pergunta! Toby abocanhou a fatia de pizza e mastigou.

— Não.

Connor riu.

— É, imaginei. Não vai rolar. Nunquinha. Mas fico lisonjeado que você ainda esteja tentando.

Toby estreitou os olhos.

— Ah, vai rolar, sim.

O irmão mais velho arqueou as sobrancelhas.

— Só no dia de São Nunca, seu bobão.

Toby cruzou os braços. Teve vontade de contar a Connor que alguém já tinha conquistado o primeiro lugar no ranking do novo jogo da pizzaria, mas mordeu o lábio e se calou. Não. Queria conseguir a melhor pontuação antes, e por isso tentaria manter o irmão bem longe do lugar até que alcançasse seu objetivo.

O caçula apontou para o mais velho com a fatia de pizza.

— Então pode esperar, porque o dia de São Nunca logo, logo vai chegar. E aí você vai ver quem é o bobão. Eu vou ser o vencedor.

— Aham, sei.

— E aí, quando isso acontecer, aposto que você vai se enfurnar no quarto para chorar.

Connor não se abalou; apenas se inclinou na poltrona.

— Sim, sim, tipo aquela vez em que você me superou na liga infantil de beisebol? Ou quando acabou comigo no boliche?

Toby fechou a cara.

— Cala a boca, Connor.

— Ah, já sei! Deve estar falando da época que você corria na aula de educação física, acertei? Você é um baita velocista, não é, Tobezinho?

O garoto se afastou da parede.

— Eu mandei *calar a boca*!

Connor arregalou os olhos.

— Ah, verdade, você *nunca* ganhou de mim em *nada*. E nunca vai ganhar, porque é um *fracassado* digno de pena, um perdedor!

Toby sentiu a raiva brotar no peito. Jogou o pedaço de pizza no irmão, que sorriu, presunçoso, enquanto desviava, e depois se atirou em cima do garoto na poltrona. Ficou satisfeito quando o punho atingiu a barriga de Connor, que grunhiu.

— Ah, você vai pagar por isso! — chiou ele.

A pancadaria rolou solta. Connor ergueu Toby no ar e o jogou no carpete. O garoto sentiu o ar deixar os pulmões. O irmão mais velho deu um mata-leão nele, envolvendo seu pescoço bem forte com o braço.

Toby sentiu o rosto esquentar. Estava ficando sem ar. Deu um tapinha no braço do irmão.

Connor o soltou e o empurrou para o lado enquanto Toby tossia. Depois, arfante, apontou para o caçula.

— Sempre vou ganhar de você em tudo, idiota. Aliás, quando é que isso vai entrar nessa sua cabecinha oca? Sempre vou vencer, e você sempre vai perder, porque nasceu para ser um fracassado.

Connor saiu da sala, deixando Toby largado no chão.

O garoto ficou ali, esparramado, respirando com dificuldade, encarando o teto.

• • •

No dia seguinte, Toby se pegou analisando um bloco de madeira na aula de trabalhos manuais enquanto coçava o queixo. Serras e furadeiras zumbiam ao redor. O cheiro de madeira recém-cortada dominava o ar. A ideia era produzir uma pequena tábua de corte, mas tinha outras coisas em mente no momento — como fazer alguns blocos para instalar no trilho do jogo e impedir que o coelho se escondesse em determinadas áreas.

Claro, seria trapaça.

Mas Toby não estava nem aí.

Só queria esfregar a vitória na cara do irmão, nem que fosse uma única vez. Sentiu a tensão tomar cada centímetro de seu corpo ao pensar em Connor. Em como o irmão era sempre o melhor em tudo que fazia. Em como sempre tinha que se gabar daquilo para Toby.

Bem, dessa vez ele estava determinado a levar a melhor, custasse o que custasse.

Desde que ele se entendia por gente, Connor encarava qualquer coisinha como uma grande competição. O mais velho sempre precisava fazer mais pontos, tirar notas melhores, ficar com o maior pedaço de bolo. Tinha que ser mais forte do que Toby na queda de braço, ganhar dele no boxe e até fazer mais cestas quando brincavam de basquete. Precisava ganhar mais atenção do pai, e também da mãe quando ela ainda morava com os filhos. Connor se tornara a sensação da temporada quando jogava como quarterback no time de futebol americano da faculdade, mas um ferimento grave no joelho prejudicara sua performance. Aquilo de fato mexera com a cabeça do rapaz, e Toby ainda se lembrava de como o irmão havia se arrastado pela casa por meses — chegara até a sentir um pouquinho de pena dele. Por fim, Connor começara a trabalhar na Freddy's, e criara para si a missão de bater o recorde de todas as máquinas de fliperama. Desde então, agia como um exibido insuportável. Depois que Toby se tornara funcionário da pizzaria, Connor fazia questão de esfregar aquela soberania na cara do irmão quase todo dia.

Aquilo o deixava maluco.

E, por esse motivo, o reinado de Connor estava finalmente próximo de chegar ao fim.

Determinado, Toby cortou cubos de madeira que logo seriam blocos perfeitos para atravancar o trilho do *Esconde-esconde*.

O professor, sr. Pedrick, se aproximou da bancada de Toby. Ajustou os óculos e observou o aluno.

— Acho que isso aí está pequeno demais para servir de tábua, Toby.

— É, eu sei. Vou trabalhar nela daqui a pouco.

O homem cruzou os braços.

— Mas essa é a tarefa da aula. A tábua precisa ser entregue hoje. Como vai concluir o projeto em meia hora? Você é um bom garoto, Toby. Sei que pode se sair melhor do que isso. É só se dedicar um pouquinho mais.

— Certo, vou começar agora.

Irritado, ele foi até a bancada de materiais e escolheu outro pedaço de madeira para transformar em tábua de corte. Quando o sr. Pedrick se afastou, porém, Toby deixou a madeira de lado e continuou a fazer os blocos. Algumas coisas eram mais importantes do que as tarefas da escola.

E vencer o irmão irritante, ignorante e falastrão era uma delas.

Naquela noite na pizzaria, depois do fim de seu turno, Toby inseriu um punhado de fichas para jogar *Esconde-esconde*. Havia apenas alguns funcionários limpando a cozinha, e ele se enfiara no salão de jogos para esperar o fim do expediente. A voz do jogo lhe deu as boas-vindas. Antes de digitar seu nome, Toby pulou a cerquinha que impedia que os jogadores chegassem à parede. Do bolso do casaco de moletom, tirou os pequenos blocos de madeira. Colocou um no trecho do trilho que levava à escola, outro no que levava à delegacia e mais um no que levava à pizzaria, enfiando as peças com o punho cerrado para prender todas no lugar. Assim, os únicos esconderijos possíveis seriam o parque e a loja, que ficavam lado a lado.

Toby sorriu, assentindo. Com certeza venceria daquela vez, e seu nome apareceria em primeiro lugar.

Aí, sim, vamos nessa!

Não via a hora de esfregar a vitória na cara de Connor. Conseguia até imaginar o irmão com o rosto vermelho (como acontecia sempre que alguma coisa não se desenrolava como ele queria), correndo para socar a parede como um bebê chorão. O pai o mandaria relaxar, depois reviraria os olhos para Toby.

O sorriso do garoto aumentou. Aquilo seria impagável.

Pulou de volta por cima da cerca e correu para digitar seu nome.

"*Vamos lá, Toby!*"

— É, se prepara, coelhinho.

Bonnie deslizou pelo trilho, e o cômodo ficou escuro.

"*Três...*"

Toby ficou batendo o pé no chão, esperando as luzes se acenderem.

"*Dois... Um!*"

Assim que o espaço se iluminou, correu até o parque e apertou o botão do escorregador.

"*Que pena! Bonnie não está aqui!*"

Depois tentou o botão da árvore.

"*Que pena! Bonnie não está aqui!*"

Irritado, foi até a mercearia.

"*Ops, você perdeu!*"

Toby ficou incrédulo. O palito mentolado que mantinha entre os dentes caiu no chão. *Nem ferrando!*

Bonnie deslizou de trás da caixa registradora do mercado.

"*Boa sorte na próxima, Toby!*"

O garoto cerrou os punhos, grunhindo alto de tão frustrado.

— Você se acha muito engraçado, né, coelho? Acha que sou um fracassado? Bom, acontece que eu não sou, seu mané! O fracassado é você! Vou te mostrar uma coisa!

Andou de um lado para o outro, arrancando o gorro da cabeça. Sentia o corpo todo vibrar de tensão.

— Não vou perder outra partida para você!

Ele esfregou as mãos acima da cabeça.

— Pensa. *Pensa!*

Queria vencer. *Precisava* vencer.

De repente, uma solução rápida lhe ocorreu, e, sem pensar duas vezes, ele deu meia-volta.

— Isso!

Correu para fora da atração. Um minuto depois, inseriu mais fichas e retornou, trazendo consigo duas cadeiras de metal. Já tinha bloqueado a loja, a escola e a pizzaria. Encaixou o encosto das cadeiras sob o trilho — uma no trecho que levava ao parque e outra no que conduzia até a loja, apoiando as pernas dos móveis sobre a cerquinha.

"*Bem-vindo ao* Esconde-esconde! *Insira seu nome para tentar encontrar Bonnie. Que seja dada a largada!*"

— Beleza, beleza... — murmurou, dando um passo para trás.

Com as mãos na cintura, encarou sua obra brilhante. Todos os caminhos estavam bloqueados. O coelho não teria como se esconder!

— Rá! Peguei você, otário. Quem é o vencedor agora?

Toby esfregou a palma das mãos úmidas e digitou o nome na máquina. Sentiu o suor na testa e o enxugou com as costas da mão. Estava se sentindo agitado, apreensivo, como se não conseguisse parar quieto. Girou o pescoço e estalou as juntas dos dedos.

"*Vamos lá, Toby!*", entoou a voz.

Bonnie surgiu nos trilhos, e as luzes se apagaram.

"*Três...*"

Toby sentiu um frio súbito na barriga, a cabeça girando. Parecia prestes a vomitar.

"*Dois...*"

Por um instante, o cômodo pareceu tomado por um silêncio repentino. Era como se todo o ar tivesse sido sugado do ambiente e os tímpanos dele estivessem prestes a estourar. O garoto sentiu um formigamento nas costas e chacoalhou um dos ombros na tentativa de se livrar da sensação. Depois, de repente, todo o som voltou.

"*Um!*"

As luzes se acenderam.

Toby piscou, confuso. Estava desorientado. Esfregou os olhos e analisou as paredes à sua frente.

— Espera aí...

Bonnie... tinha sumido.

Toby olhou para todos os lados. Depois fitou o teto. Não havia como o coelho ter se escondido.

— Como assim? Cadê você?

Em seguida, disparou até a cerquinha e saltou na direção dos recortes de madeira, tentando espiar pelo pequeno vão entre o cenário e a parede.

Não havia nada ali.

Não, aquilo não era possível. O estômago de Toby embrulhou, e ele sentia o peito apertar. Correu de esconderijo em esconderijo, espiando atrás dos recortes de madeira. O coelho não podia ter saído dali. Aquilo não fazia sentido. O coração do garoto batia como um tambor. Uma gota de suor escorreu pela lateral de seu rosto.

Não, não, não.

Aquilo não era justo! O coelho idiota não podia vencer!

Sentiu um rubor tomar seu rosto. Um lampejo de energia percorreu seu corpo. Começou a arfar. Não era um fracassado.

Não era a porcaria de um fracassado!

Toby correu até a cadeira apoiada nos trilhos e a jogou para o outro lado do cômodo. Ao bater na parede, o móvel danificou a madeira que representava a pizzaria. Depois, o garoto pegou um pedaço da cerca e o arrancou. Pisoteou a barreira quebrada e foi até a outra cadeira para arremessá-la na parede oposta. Arrancou mais uma parte da cerca, agarrou o recorte que representava uma árvore no parque e, cerrando os dentes, puxou com toda a força. Enfim conseguiu soltar o pedaço de madeira da parede, caindo de bunda no chão. Restaram apenas alguns pregos no lugar. Atirando a árvore longe, Toby se levantou e correu até a delegacia, puxando o recorte no formato de mesa.

Sempre vou ganhar de você em tudo, idiota. Quando isso vai entrar nessa sua cabecinha oca? Sempre vou vencer, e você sempre vai perder, porque nasceu para ser um fracassado.

O garoto puxou e quebrou tudo ao seu alcance. Não sabia dizer quanto tempo havia passado ali destroçando, destruindo. Sabia apenas que precisava se livrar daquela sensação patética. Daquela dor que parecia viver dentro do peito. Ele a odiava.

Precisava extravasar tudo aquilo! Botar um ponto-final naquela história!

Por fim, seu corpo cedeu quando ele tropeçou num pedaço de madeira e se estabacou com tudo no chão. O peito subia e descia, o rosto coberto de suor. Estava com as mãos vermelhas e latejantes. Olhou em volta, analisando o que tinha feito, e foi preenchido pela satisfação.

Toma essa, pensou.

Tinha praticamente destruído o *Esconde-esconde*.

Enquanto encarava o cenário depredado, a ficha enfim caiu. Engoliu a saliva para aliviar a secura da garganta. Esfregou o rosto com as mãos, depois continuou observando a bagunça que tinha causado. Arruinara algo que não lhe pertencia. Estava ferrado.

Num frenesi repentino, ficou de pé e pegou a árvore que havia arrancado da parede. Tentou prender o recorte nos pregos, mas foi em vão: a madeira voltou a cair no chão em segundos.

— O que foi que eu fiz? — sussurrou para si mesmo.

Depois, fez a única coisa que lhe pareceu plausível: saiu correndo da sala do jogo.

Toby abriu os olhos. Piscou. Estava no escuro, deitado de bruços numa mesa de metal gelada. Que lugar era aquele? Luzes brilhantes tremeluziam acima dele, que semicerrou os olhos. Tentou se sentar, mas estava com as mãos amarradas acima da cabeça. As pernas se encontravam atadas uma à outra na altura do tornozelo, de modo que era impossível se mover.

— Que porcaria é essa?

Toby tentou erguer um pouco a cabeça.

— Ei, o que está acontecendo? Connor? Está pregando uma peça em mim?

A voz dele pareceu ecoar no vazio. Fitou os arredores e viu paredes de tijolo à sua volta.

— Você vai se dar mal se continuar com essa palhaçada — acrescentou.

Alguém se moveu atrás dele.

O garoto entrou em pânico quando não obteve resposta. Connor já estaria tagarelando àquela altura.

— Ei, não sei quem é você, mas é melhor me soltar!

Puxou as mãos, mas tudo que conseguiu foi deixar os pulsos em carne viva com a fricção da corda. Seu coração batia com força contra a mesa fria. Foi quando Toby vislumbrou uma sombra pelo canto do olho.

— O que você quer?

Sentiu alguém puxar sua camiseta, então ouviu uma tesoura cortar o tecido.

— Para com isso! Me deixa em paz!

O ar frio atingiu sua pele. Ouviu mais movimentações, depois algo cutucou suas costas. Parecia uma agulha.

— Ai! Não encosta em mim!

A agulha foi retirada, e na mesma hora ele sentiu a pele sendo repuxada.

— Que droga é essa que você está fazendo comigo?

Toby sacudiu a cabeça, tentando ver o que estava acontecendo, sem sucesso.

O suor brotava na sua testa. Mais uma vez, sentiu a picada de uma agulha e um puxão. Estava ciente do sangue que escorria do local, e a dor aumentava.

— Para, está me machucando! Por favor, eu pedi para parar!

O vulto escuro, porém, não disse nada.

E não parou.

Toby sentiu cada picada e cada puxão. Por fim, se deu conta do que estava acontecendo.

Alguém costurava algo às suas costas.

— Socorro! — berrou. — Por favor, alguém me ajuda!

Toby acordou de supetão e se sentou na cama, alerta. Sentia o coração disparado. Ofegava. Estava desorientado. Era só um pesadelo. A luz do sol se infiltrava pela persiana da janela. Ele estava bem. Estava em casa. Que dia era, afinal? Já precisava se levantar para ir à escola? Será que tinha perdido a hora? Verificou o relógio: faltavam cinco minutos para as oito da manhã. Não havia programado o despertador porque era sábado. Certo?

Esfregou o rosto, depois olhou para o espelho preso à cômoda diante da cama. Estava pálido, com olheiras escuras. O cabelo castanho estava arrepiado para todos os lados. Ao ver a própria sombra na parede atrás de si, sentiu um formigamento nas costas.

Uma sombra?

Desconfiado, inclinou a cabeça para ver seu reflexo. Algo estava errado. Não havia tanta luz no quarto para produzir aquela sombra. Mesmo assim, ele se mexeu, inclinando o corpo para a direita. Um segundo depois, a sombra acompanhou o movimento.

Toby arregalou os olhos. Era impressão ou a sombra havia demorado mais do que o normal para refletir seu movimento?

Em seguida, se mexeu rápido para a esquerda; dessa vez, porém, a sombra o seguiu na velocidade esperada.

Toby balançou a cabeça. *Que esquisito.* Ainda não devia estar totalmente acordado.

Bocejando, coçou o peito e espreguiçou os braços. A sombra se comportou como deveria. O garoto fez uma careta, sentindo dor no corpo. A culpa do que havia feito no dia anterior voltou com tudo. Caramba, por que tinha que ter destruído a atração daquele jeito? O que Dan, seu chefe, iria dizer? Será que o repreenderia? Quando baixou os braços, a sombra continuou com os dela erguidos.

Toby arquejou e saltou da cama. Analisou a parede atrás da cabeceira e não viu nada. Nem sinal de sombra. Virou o rosto na direção do espelho e enxergou a sombra atrás de si.

Um calafrio percorreu suas costas.

O garoto se aproximou do grande espelho preso à cômoda, vendo a sombra acompanhá-lo. Quanto mais avançava, mais a sombra o seguia. Espiou o espelho e sentiu a boca secar na hora.

A sombra tinha... orelhas de coelho.

Toby se virou bruscamente, como se pudesse agarrar a mancha escura. Toda vez que se virava, porém, não achava nada. Era como se a sombra de repente se abaixasse e se escondesse em algum canto do quarto. Toby se agachou para espiar debaixo da cama. Tudo que viu foi um monte de poeira e tralhas. No guarda-roupa, encontrou apenas mais porcarias. Aquilo não fazia sentido. Voltou a encarar o espelho, avistando a sombra ainda às suas costas.

A única coisa em que conseguia pensar era Bonnie, o coelho da atração *Esconde-esconde*.

Toby congelou por um instante, tentando compreender o que estava acontecendo. A sombra de um personagem de jogo estava presa às suas costas. Ele franziu a testa. Espera, aquilo não podia ser real. De repente, sentiu uma onda de alívio. Deu um tapa na testa e soltou uma risada.

— Ainda estou sonhando. *Dã*.

Seria *impossível* que estivesse vendo uma sombra em formato de coelho. Era só um pesadelo provocado pelo medo de ser pego por ter quebrado aquele jogo idiota. Estava tudo bem, garantiu a si mesmo. Bocejou de novo e decidiu voltar para a cama. Quando de fato despertasse, a única sombra que veria seria a própria.

Retornou à cama e se enfiou debaixo das cobertas. Olhou de novo no espelho, vendo a sombra pairando às suas costas.

Toby acenou, acompanhado pela sombra.

Por fim, se acomodou e fechou os olhos, caindo no sono.

Depois de um tempo, acordou. Piscou, hesitante. A visão estava borrada. Esfregou os olhos e bocejou, espreguiçando o corpo todo. Mesmo depois de dormir, estava se sentindo exausto. Ele se sentou na cama, olhando para o espelho da cômoda.

A sombra ainda estava ali.

Sentiu o medo martelando seu peito, e se encolheu contra a parede, chutando as cobertas para longe. Saiu da cama num salto, se inclinou e encarou o espelho. A sombra espreitava atrás dele. Toby estendeu a mão para trás como se pudesse encostar no vulto, mas tudo que encontrou foi ar.

Engoliu em seco enquanto endireitava a postura, e a sombra fez a mesma coisa. Ele se virou para o lado para tentar enxergar melhor a coisa — por alguma razão, porém, o vulto continuava atrás dele.

— Quem é você? — perguntou à sombra. — O que quer comigo?

Ela não respondeu.

— Vai embora — continuou Toby.

Nada aconteceu.

— Eu mandei *ir embora*!

Nada.

Toby cerrou os dentes e andou de um lado para o outro, passando as mãos no cabelo. Certo, havia uma sombra atrás dele que não lhe pertencia. Como aquilo podia ser possível? Era bizarro demais. Ele se deteve de novo, apoiando as mãos na cômoda, e olhou de canto para o espelho. Toda vez que via a escuridão logo atrás, era tomado por um calafrio que o fazia estremecer. Era impressão ou suas costas estavam mais pesadas do que o normal? Tinha quase certeza de que era por causa da coisa costurada a ele. O que devia fazer? Bom, só havia uma solução: precisava dar um jeito de se livrar daquilo. Mas como?

— Eu consigo — murmurou. — Vou tirar isso de mim. Preciso dar um jeito. *Pensa.*

Mordeu o lábio e olhou para o espelho, encarando a parede pelo reflexo. Depois se afastou da cômoda e esfregou o queixo, ainda a analisando. De repente, se virou para ela, inspirando fundo antes de soltar o ar. Em seguida, repetiu a respiração. Fechando os olhos com força, correu para trás até trombar com a parede do quarto. Soltou todo o ar pela boca, o corpo inteiro vibrando. Disparando adiante, repetiu o movimento para se chocar com a parede várias e várias vezes. A dor irradiou pela coluna do garoto quando ele caiu no chão, fazendo careta.

Uma camada de suor cobria sua testa. Ele se arrastou até a cômoda, sentindo as costas latejarem. Estendeu a mão e se apoiou para ficar de pé, voltando a encarar o espelho.

A sombra ainda pairava atrás dele.

Toby se jogou na cama, impotente, e gritou com a cara enfiada no travesseiro.

Nervoso e machucado, o garoto se vestiu, evitando o espelho. Saiu do quarto e foi para a cozinha. A sensação de que havia alguém à espreita não dava trégua. Era como se estivesse sendo observado.

Ele se sentia perseguido. *Encurralado.*

Havia uma pilha de pratos na pia, e o cheiro de ovos e bacon torrado pairava no ar. De quem era a vez de lavar a louça? Provavelmente dele, mas não ligou. Apenas deu as costas e, sem hesitar, foi para a sala. O pai, com cara de sono, estava de bermuda e camiseta na poltrona reclinada e bebericava seu café.

Toby engoliu em seco e estalou as juntas dos dedos.

— Fala, pai.

O homem resmungou e olhou para o filho.

— Bom dia, Tobezinho.

— Bom dia.

As mãos do garoto tremiam. Ele as fechou com força.

— Por acaso o senhor está vendo algo diferente em mim, pai?

O homem semicerrou os olhos, analisando Toby de cima a baixo.

— Acho que não. Era para ter alguma coisa? — Ele coçou a barba enquanto o observava. — Resolveu deixar um bigodinho crescer?

Toby balançou a cabeça.

— Não. Só queria saber se o senhor tinha reparado em algo fora do normal. Algo que… não devia estar aqui.

Bem nessa hora, Connor entrou na sala a passos largos.

— Relaxa, Tobezinho. Você continua sendo o mesmo fracassadinho de sempre. Nada mudou.

— Cala a boca, Connor — retrucou o garoto, mas sem a raiva de sempre.

O irmão mais velho estendeu a mão e bagunçou o cabelo do caçula, que se desvencilhou.

— Nenhum de vocês consegue ver… minha sombra? — perguntou ele ao pai e ao irmão. — Sério?

Connor fez uma careta.

— Do que você está falando, mané?

Toby esticou os braços.

— Da minha sombra, *mané*. Está vendo ou não? Não sabe responder a uma simples pergunta?

Connor olhou além do irmão, balançando a cabeça enquanto ia para a cozinha.

— Você é doidinho, Tobezinho.

Toby se virou para o pai, que apenas o ignorou e voltou a assistir a algum esporte na TV.

Como os dois não conseguiam ver o vulto esquisito que perseguia Toby de um lado para o outro?

Será que ele ainda estava sonhando? Não, com certeza estava acordado. Suas costas ainda doíam das pancadas contra a parede. Será que era o único que enxergava a coisa? Aquilo significava que era maluco? Será que Connor enfim o enlouquecera?

Foi até o pai e se inclinou para perto.

— Pai, vê aqui se estou com febre.

O homem cheirava a café e cigarro. Estava com os olhos um pouco vermelhos.

Deu um suspiro.

— Qual é o problema, Tobezinho?

Ele levou a mão à testa do filho.

— Não, tudo normal — declarou o pai. — Então nem inventa de faltar à escola, ouviu? Porque aí vão me encher de ligações e mensagens enquanto tento tirar um cochilo antes do trabalho.

Toby endireitou a postura.

— Não estou inventando nada.

O telefone tocou, e Connor atendeu.

— Alô? Sim, espera aí. Ei, idiota, é para você. É do seu trabalho.

O estômago de Toby se revirou. *Ai, não, não, não*. Ele foi até Connor, que o encarava com desdém, e arrancou o aparelho da mão do irmão.

— Alô.

— Oi, Toby, é o Dan. Você pode dar um pulo aqui? A gente precisa conversar. É um assunto importante.

Toby coçou a cabeça.

— Hã… Claro.

— Beleza, então. Até já.

— Até.

Por fim, desligou.

Connor arregalou os olhos.

— Eita, parece que o Tobezinho se meteu em encrenca. O que você aprontou?

Toby tentou parecer tão inocente quanto possível, o que foi meio difícil.

— Nada.

O irmão balançou a cabeça.

— Dan só liga para os funcionários se tiverem feito algo muito errado. O que você fez? Esqueceu de trancar alguma porta? Ou quebrou alguma coisa e não contou?

Toby o encarou, ressabiado. Será que ele sabia de algo?

— Não fiz nada de errado. Aposto que só quer me dizer que estou mandando muito bem no trabalho. Bem melhor do que você.

— Ah, conta outra. Sou melhor do que você em tudo. Até naquele trabalho idiota.

— Caramba! — gritou o pai da sala. — Que rebatida, rapaz! Meninos, venham aqui! O jogo está ficando bom à beça!

Connor perdeu o interesse em Toby e foi se juntar ao pai no outro cômodo.

— Não falei para o senhor? Eles vão levar esse jogo facinho. Sempre escolho o time vencedor, né, pai?

O homem riu.

— Escolhe mesmo, filho!

Toby revirou os olhos e voltou para o quarto. Percebeu que estava sem fome.

Naquele momento, nem tinha como argumentar que fazia um trabalho melhor que o irmão na pizzaria. Fizera algo muito errado ao quebrar o *Esconde-esconde*. Não sabia o que aconteceria quando falasse com Dan. Ao se olhar no espelho, viu a sombra pairando atrás dele como um fantasma agourento que não o deixava em paz. Estremeceu e olhou para as próprias mãos: ainda tremiam. Estava surtando por causa daquela história, só podia ser. Por fim, enfiou o gorro na cabeça e respirou fundo numa tentativa de se acalmar. Precisava conversar com Dan sobre o *Esconde-esconde*. Só depois tentaria dar um jeito na sombra.

Dan gesticulou com os braços robustos, abrangendo todo o recinto destroçado do *Esconde-esconde*.

— Dá para acreditar? Mal inaugurei a atração nova e ela já está toda destruída.

O homem tinha o porte físico de um touro. Peitoral largo e braços fortes, mas com pernas curtas e fininhas. Era um chefe tranquilo, e sempre o tratava bem — e justamente por isso o garoto se sentia tão mal por ter quebrado tudo.

Toby observou o caos de olhos arregalados. A situação parecia pior do que lembrava. A tela estava escura, pois Dan devia ter desligado o sistema. Quase todos os recortes de madeira tinham sido arrancados da parede. Havia apenas um ou outro prego preso no lugar original. Quase todas as peças estavam quebradas, algumas rachadas ao meio. A própria parede tinha sido danificada.

— Não... Não dá para acreditar mesmo — respondeu o garoto, estalando as juntas dos dedos.

Não se conformava que tinha provocado tudo aquilo sozinho.

Dan se virou e encarou o funcionário com um olhar firme.

— Você tem alguma ideia de quem fez isso?

Toby balançou a cabeça, mas a culpa fazia sua consciência pesar.

— Nenhuma, Dan. Não sei quem poderia ter causado essa bagunça toda.

— Não viu ninguém suspeito por aqui ontem à noite? Conferiu as cabines do banheiro antes de fechar o fliperama, né? A área de jogos? Não tinha ninguém escondido?

— Fiz todas as conferências de rotina, como você sempre pede, e não vi ninguém suspeito.

Dan alisou a barba grossa.

— Isso me dá uma raiva, sabia? Investi uma grana nesse lugar para as pessoas se divertirem, e é assim que me agradecem? Juro, isso me tira do sério.

— É, eu imagino.

— Quando eu era pequeno, não existiam lugares assim. As crianças brincavam na rua, depois pediam uma pizza. Mas a ideia de famílias se reunindo para comer, jogar, se divertir... Sei que aqui não é o melhor lugar do mundo, mas é um sonho meu, então me chateia demais quando algo assim acontece.

Dan suspirou.

— Bom, vou chamar o técnico e ver o que dá para fazer. Valeu por ter vindo, Toby — acrescentou ele.

O garoto assentiu.

— Vou ajudar a limpar essa bagunça — ofereceu ele.

O chefe pousou as mãos na cintura.

— Beleza, mas preciso guardar as tralhas para entregar ao pessoal do seguro. A polícia já tirou umas fotos.

Toby sentiu o estômago embrulhar.

— A polícia?

— Isso, tive que fazer um boletim de ocorrência por invasão e vandalismo. Talvez te façam umas perguntas. Estão falando com todo mundo que trabalhou no turno de ontem.

Toby engoliu em seco, assentindo.

— Claro, sem problemas.

— Olha, seria uma mão na roda se você pudesse empilhar os fragmentos maiores de madeira e varrer todo o resto.

— Deixa comigo.

— Valeu, Toby. Você é um bom garoto.

Dan saiu a passos largos da sala do jogo, resmungando algo inaudível.

Cabisbaixo, Toby começou a limpar o chão. Apoiou os pedaços grandes de madeira em uma parede. Embaixo dos recortes em formato de moita, achou o gorro que estava usando na noite anterior. Conferiu se havia alguém por perto, o coração quase saindo pela boca. Num gesto rápido, recolheu a peça do chão e a enfiou no bolso da calça. De repente, virou a cabeça na direção do trilho. Os blocos de madeira que tinha feito ainda estavam enfiados ali. Usando um pedaço longo de madeira, começou a remover os cubos, um a um. Com o coração retumbando no peito, pegou os objetos do chão e os escondeu nos bolsos do casaco de moletom. Depois, respirando fundo, continuou a limpar a bagunça.

Toby passou o resto do fim de semana se sentindo péssimo. Ficou a maior parte do tempo enfurnado no quarto. Com um lençol velho, cobriu o espelho. Mesmo sabendo que a sombra ainda estava ali, não queria ter que olhar para ela toda hora. Sempre que a via, seu coração acelerava e ele tremia, sabendo que a coisa não deveria estar ali. Era como um segredo assustador, sombrio e oculto.

No domingo, quase não comeu e mal dormiu. Não falou com ninguém. O pai chegou a bater à porta para ver como ele estava, mas o garoto apenas respondeu que estava cansado. Ouviu Connor e o pai gritando enquanto assistiam a algum jogo na TV. Os três conviviam bastante, mas só o irmão compartilhava com o pai aquela obsessão por esportes. O chefe da casa estava quase sempre trabalhando ou dormindo; quando não estava, passava o tempo com o filho mais velho, assistindo a programas esportivos e se divertindo. Toby não gostava tanto daquele tipo de atividade, então não havia muitas oportunidades de estreitar os laços com o pai.

Antes, Toby achava que era mais próximo da mãe. Já não tinha tanta certeza disso — não depois de ela ir embora de casa quando o menino tinha cinco anos e Connor, sete. Ele guardava uma vaga lembrança de chegar em casa depois do treino de beisebol e descobrir que a mulher havia partido. O pai ligara para a esposa, e Connor tinha corrido ao redor da casa à procura dela. Só depois o pai encontrara uma carta na mesa da cozinha. O filho mais velho havia perguntado o que dizia, querendo saber onde a mãe estava, mas o homem tinha apenas lido a carta, amassado o papel e depois ido embora. Naquela noite, tiveram o primeiro de centenas de jantares à base de comida congelada. Ninguém havia explicado nada para Toby ou Connor, então eles tinham apenas tocado a vida como se a mãe jamais houvesse existido. Talvez tivesse sido naquela época que Connor começara a tentar ser o melhor em tudo. Toby não sabia ao certo. O irmão podia muito bem ter apenas nascido com um parafuso a menos.

Na segunda-feira, o garoto faltou à aula de manhã, mas decidiu ir trabalhar à tarde. Nem sabia se chegaria ao fim do expediente. Estava exausto, sentia as costas repuxando e pesadas, e só queria se deitar e dormir.

Ao chegar à pizzaria, deu de cara com Reggie no fliperama. O garoto tinha uma fatia de pizza na mão.

— Cara, você está péssimo.

Ele abocanhou a comida.

Toby só deu de ombros e passou pelo menino.

— Eita, qual é a da sua sombra? Que… *intensa*.

Toby arregalou os olhos, virando-se. Correu até Reggie e agarrou o moleque pela gola da camiseta.

— *Você consegue ver?*

— Ei, calma. Ué... consigo. Sua sombra é bem do mal, cara.

Em seguida, deu mais uma mordida na pizza e mastigou bem na cara de Toby.

— Não consigo me livrar dela. Já estou desesperado.

Reggie ergueu as sobrancelhas.

— Imagino. Como isso aconteceu?

Toby o soltou e deu de ombros.

— Sei lá. Só aconteceu. Bizarro.

— Relaxa, eu entendi, é algo pessoal. — O menino ruivo alisou a camiseta com a outra mão. — Que droga você ter que lidar com isso, hein, Toby?

— Pois é. Mas você é o único que admitiu estar vendo a sombra também.

Reggie assentiu, os cachos avermelhados chacoalhando com o movimento.

— E como vejo...

— Dá para notar as orelhas?

O garoto pareceu confuso.

— Como assim? — perguntou Reggie.

Toby balançou a cabeça.

— Esquece. *Como* você consegue ver?

Reggie deu de ombros de novo.

— As pessoas dizem que vejo as coisas de um jeito diferente.

Toby o encarou, notando que ele não explicaria mais nada.

— Enfim, que seja. Acho que...

Reggie deu outra mordida na pizza e questionou:

— O quê?

— Acho que é de um jogo em que eu... hã... trapaceei.

— Sério? Qual?

Toby não sabia se podia confiar no garoto. Reggie era um cliente assíduo da pizzaria, e poderia muito bem abrir o bico para Dan.

— Não interessa. Só preciso me livrar disso. Não posso continuar andando por aí com essa coisa nas minhas costas. É esquisito.

— Bom, se eu fosse você, faria o possível para me livrar dela o quanto antes. Para ontem. — Reggie estremeceu, depois acrescentou: — É muito bizarra, cara.

A mera reação do outro garoto o fez estremecer também.

— O que posso fazer, hein? Não tenho ideia. O que você acha? — indagou Toby.

— Cara, você curte jogar videogame. Usa sua imaginação. Por semanas, vi você tentar bater o recorde do seu irmão em quase todos os jogos do fliperama. Para fazer isso, é preciso ter determinação. Cadê essa determinação agora?

Toby se empertigou, estalando as juntas dos dedos.

— Eu tenho determinação.

O menino ruivo assentiu.

— Então vai com tudo, cara.

Naquela noite, pensar nas palavras de Reggie encheu Toby de ânimo. Ainda não havia perdido. *Podia* vencer a sombra e se livrar dela. *Podia* vencer aquele jogo maldito. Resolveu fazer uma lista.

IDEIAS PARA FAZER A SOMBRA DESAPARECER:

TENTAR BATER COM ELA NA PAREDE (NÃO FUNCIONOU)

ESFREGAR COM FORÇA

AFOGAR

QUEIMAR (ESQUECE)

CORTAR (TALVEZ)

Toby foi até a garagem. Revirou a bagunça, procurando o escovão de lavar o carro. Ninguém lavava o veículo deles havia séculos, mas o garoto sabia que a escova devia estar por ali. Tinha cerdas grossas que talvez servissem para arrancar a sombra das costas, desde que esfregasse com bastante força.

Podia funcionar.

Talvez.

Estava disposto a fazer qualquer coisa para se livrar daquilo.

Toby afastou as caixas com os pés, abrindo caminho pelas tralhas da garagem. Jogou o cortador de grama para o lado e deu um chute forte numa bola murcha. *Eita!* Tomou um susto quando um camundongo passou correndo. Não podia se esquecer de pedir para o pai comprar algumas ratoeiras. Depois de um tempo, enfim achou a escova enfiada num cantinho, perto de um balde velho. Pegou o objeto e começou a tentar alcançar as costas, mas o cabo era longo demais.

Olhou ao redor e encontrou um serrote enferrujado na velha caixa de ferramentas do pai. Com a mão esquerda, forçou o cabo da escova sobre a máquina de lavar; com a direita, começou a serrar a ponta. A lâmina estava quase sem corte, o que fez o processo levar alguns minutos, mas enfim o cabo se rompeu e a ponta caiu no chão.

Toby pegou a escova e deslizou a mão pelas cerdas.

— Ótimo, são bem grossas. Vai funcionar.

Levou o objeto às costas e esfregou. Com certeza ia funcionar. Determinado, ele tirou a camisa e a colocou sobre a secadora. Respirou fundo, agarrou o cabo com as mãos e começou a esfregar. *Com força.*

— Ai, ai, ai.

Fez uma careta ao sentir as cerdas raspando a pele. Marcando. Arranhando.

— Você vai ver só o que é bom para tosse... — murmurou ele.

Esfregou sem parar, sentindo a pele em carne viva.

— Caramba, como dói...

Continuou a forçar a escova até sentir as costas queimarem, e de repente decidiu que não aguentava mais. Trêmulo, largou o objeto no chão e caiu de joelhos, respirando fundo. Sua visão ficou turva.

— Por favor, que isso funcione. Por favor — sussurrou.

Exausto e dolorido, pegou a camiseta e a vestiu com toda a delicadeza possível. Depois, ficou de pé e voltou cambaleando para o quarto.

Uma vez lá, se apoiou na cômoda. Devagar, puxou o lençol que cobria o espelho. No reflexo, viu que estava péssimo. Seu olhar parecia ensandecido. O cabelo castanho havia grudado na testa por causa do suor. A pele estava pálida, seca.

Em seguida, ergueu o olhar para ver o que havia atrás de si. A sombra ainda espreitava, e parecia maior — mais escura, até. Ela se moveu quando Toby arquejou.

— *Não* — disse ele.

Não havia funcionado.

Talvez não tivesse arrancado a sombra das costas, mas a provocara. Sentia sua raiva, sua escuridão, com mais intensidade. Sentir aquelas emoções era como ser espremido dentro de uma caixinha minúscula cujas paredes se fechavam cada vez mais, sufocando o garoto.

Toby socou a cômoda.

— Eu te odeio! — exclamou ele. — Eu te odeio!

Depois, teve a sensação de estar caindo, e tudo ficou preto.

Toby acordou num sobressalto, acertando algo duro com o joelho.

— Ai.

Usou as costas da mão para limpar a saliva que escorria da boca. Ouviu alguém bater à porta. Ergueu a cabeça e olhou ao redor. Havia peças de roupas espalhadas por todos os lados. Percebeu que estava deitado no chão do quarto, ao pé da cama. Tinha dado uma joelhada na cômoda. Será que passara a noite inteira ali?

Outra batida.

— Toby, levanta! O papai disse que você não pode faltar hoje! — berrou Connor atrás da porta.

— Beleza, já levantei! — gritou Toby, e voltou a apoiar a cabeça no carpete.

Ouviu o irmão se afastar. Depois se sentou, fazendo uma careta de dor. A cabeça parecia prestes a cair do pescoço. As costas ardiam como se estivessem pegando fogo. Ele se forçou a ficar de pé, e o quarto girou.

— Ai, caramba...

Agarrou a cômoda para não cair de novo e esperou o espaço parar de girar.

Não estava com fome, mas precisava comer alguma coisa para recuperar as energias. Nem se deu ao trabalho de se olhar no espelho: sabia que a sombra ainda estava ali. Podia sentir seu peso, a escuridão pairando às suas costas como uma ameaça.

Conseguiu tomar banho sem cair — o jato era dolorido, então não deixou a água escorrer pelas costas. Escovou os dentes, ignorando a sombra que vislumbrava pelo espelho do banheiro. Por fim, se vestiu e entrou na cozinha. Viu o irmão sentado à mesa, comendo cereal, waffles e duas bananas.

Connor parou a colher no ar quando o viu ali.

— Você está doente de verdade?

Toby não respondeu.

— Sua cara está péssima — continuou o irmão. — O que rolou?

O garoto apenas balançou a cabeça e pegou cereal, leite, uma cumbuca e uma colher.

— Por que você está tão quieto, Tobezinho?

Ele deu de ombros.

— Olha, talvez seja melhor faltar à aula de novo — sugeriu Connor.

Toby olhou para o irmão, surpreso. Onde estavam todos os comentários idiotas, todas as provocações?

— Não vou faltar.

Connor enfim pareceu satisfeito por ter uma resposta.

— Beleza. Mas, se você estiver gripado, acho melhor manter distância.

Então terminou de devorar o cereal, os waffles e as duas bananas. Deixou a louça na pia, soltou um arroto e completou:

— Vejo você mais tarde.

Saiu da cozinha e, no instante seguinte, deu para ouvir a porta bater.

Toby comeu algumas colheradas de cereal, mas pouco depois sentiu a comida voltando. Correu até o lixo e vomitou. Seu corpo estremecia, tinha espasmos.

Endireitou a postura e levou a mão à barriga. A impressão era de que a sombra estava sugando sua energia vital. A ideia de ser dominado por aquela coisa lhe dava nos nervos.

Ele cerrou as mãos.

— Você *não vai* vencer.

Na escola, Toby se sentia um zumbi. Andava pelos corredores com passos lentos e cansados. Outros alunos o encaravam quando ele passava, depois desviavam o olhar. O garoto encarava de volta, sem se importar. Os professores também não davam muita importância ao seu comportamento — ele nunca fora um aluno muito esforçado, afinal. Na verdade, só fazia o mínimo em relação à escola. O pai não ligava para as notas. Só queria que Toby passasse de ano e se formasse, então era o que o garoto fazia. Ia à escola, entregava as tarefas de casa que conseguia, deixava de lado o que não tinha sentido e alcançava a média necessária em todas as matérias. Às vezes, passava por um triz, mas o que valia era não ficar de recuperação.

No início do ensino médio, os professores sorriam e faziam perguntas para Toby assim que descobriam que ele era irmão caçula de Connor Billings. O mais velho era tão confiante, tão carismático... Ótimo nos esportes. Sempre se dedicava ao máximo à escola e às atividades extracurriculares. Era um cara determinado, cheio de garra. O caçula sem dúvida seria igual — era de família, certo?

Errado. Logo descobriram que Toby não era tão dedicado assim. Não fazia amigos nem se juntava a clubes. Não se dava ao trabalho de ser esforçado, como Connor. Fazia o mínimo necessário para chegar até a formatura. Logo os professores pararam de ser amigáveis e ficaram irritados. O garoto recebia olhares de desaprovação — ou, quase sempre, olhares de desinteresse e desprezo. Era como se ele não significasse nada para aquelas pessoas.

Bom, que se dane. Era recíproco.

Antes de se arrastar até seu armário, Toby deu uma passada no banheiro. Havia um garoto de fones de ouvido ali, ajeitando o cabelo diante do espelho. Com os dedos, apertava e espetava os fios. Toby se aliviou e, quando se virou para lavar as mãos, o garoto congelou ao encarar o espelho. Ficou de queixo caído, em choque. Em seguida, apontou para Toby — ou melhor, para a sombra às suas costas.

Droga. Ele também deve estar conseguindo ver a sombra no espelho.

Toby estalou as juntas dos dedos.

— Ei, olha só...

O garoto se virou, franziu a testa e depois voltou a encarar o espelho.

Antes que Toby pudesse dizer qualquer coisa, o outro aluno correu do banheiro como se estivesse fugindo de um incêndio — ou de um monstro num filme de terror.

— Nossa... — murmurou Toby, lavando as mãos.

Teria aula de educação fisica no primeiro horário, o que, como logo se deu conta, era perfeito para o próximo passo de seu plano. Naquele dia, a atividade da aula seria jogar basquete.

O professor, sr. Dillonhall, um homem alto e careca de casaco esportivo brilhante, apitou. Projetava o quadril para a frente, com a prancheta apoiada na barriga protuberante.

— Certo! Todo mundo em fila para a chamada!

Toby, que havia colocado a bermuda e a camiseta do uniforme esportivo, se juntou aos outros alunos. Tinha feito questão de evitar os espelhos do vestiário. Só esperava não trombar de novo com aquele menino assustado. Era só o que faltava, alguém espalhando um boato esquisito pela escola...

Uma garota se aproximou, entregando um papel ao professor.

— Ai, lá vem... — murmurou o homem, depois correu os olhos pelo bilhete. — Beleza, pode ir se sentar.

Revirou os olhos num gesto dramático antes de começar a chamada.

— Billings! — exclamou ele, e Toby ergueu a mão quando Dillonhall o encarou. — Caramba, Billings, que tal fazer uma carinha melhor? Vai, garoto, reage.

Ele cruzou os braços. O professor continuava a chamar os alunos, fazendo comentários ácidos aqui e ali.

— O sr. Dillonhall é um babaca — resmungou Tabitha Bing.

O pessoal a chamava de Tab. Toby olhou para a garota, mas não respondeu. Ela era uma rebelde, gostava de lutar contra o sistema. Tinha piercing no nariz e só usava roupa preta. De vez em quando, promovia abaixo-assinados para mudar as coisas na escola. Tentara ser presidente do grêmio algumas vezes, mas os alunos populares não lhe davam bola. Na opinião de Toby, ela sempre fazia tempestade em copo d'água. Como parecia o total oposto do garoto, os dois em geral não se misturavam.

— Você não fala muito, né, Billings? — comentou ela.

Toby se virou, dando de ombros.

— Não tenho muito o que dizer aqui na escola.

A garota ergueu as sobrancelhas, sorrindo.

— Ao contrário de mim, você quer dizer.

— Foi você quem falou isso, não eu.

— Certo! — exclamou Dillonhall. —Vamos formar os times e jogar um pouco de basquete. Quero ver vocês dando o sangue na quadra. Não quero saber de desculpinhas esfarrapadas do tipo "Ai, estou com dor no peito" ou "Ui, torci o tornozelo", hein, pessoal?! Quero atletas de verdade.Vamos!

Enquanto os times se formavam e começavam a jogar, Toby pediu licença para usar o banheiro. Saiu da quadra, espiando por cima do ombro. Não havia ninguém no corredor. Deu a volta na piscina da escola, que por sorte estava livre naquele período. Ele analisou a água translúcida, e o cheiro forte de cloro preencheu suas narinas.

Não tinha conseguido se livrar da sombra no impacto contra a parede, nem esfregando as costas. Era hora de tomar medidas mais drásticas.

— Espero que você saiba nadar — disse em voz alta para o vulto. — Ou melhor, espero que *não* saiba.

Olhou ao redor, procurando algo pesado, mas não encontrou nada na área da piscina que pudesse ajudá-lo a se manter embaixo d'água. Correu até a academia. Havia um pessoal ali fazendo musculação, mas Toby entrou despercebido e pegou um colete pesado. De volta à piscina, vestiu o colete e prendeu a fivela. Deu alguns saltinhos e viu que o peso manteria seu corpo submerso. Depois, andou até a borda e contemplou a superfície plácida.

Mordeu o lábio. Não queria admitir para ninguém, mas estava com um pouco de medo. Sabia nadar, mas não estava acostumado a prender o fôlego por tanto tempo. Andou de um lado para o outro na borda que dava para a parte mais profunda da piscina.

Vai, você consegue.

O que pode dar errado?

Nada, certo?

E... ei, pode ser que funcione. Aí vai se livrar daquela sombra e seguir a vida.

Por fim, parou de zanzar sem rumo e se postou diante da piscina. Depois de respirar fundo, apertou o nariz e saltou na parte de maior profundidade.

Devagar, Toby afundou até o piso da piscina. A escola dizia que a água era aquecida, mas parecia puro gelo. Com o colete o mantendo submerso, o garoto se sentou no fundo e esperou. Piscou, observando os arredores da piscina. Sentia o ardor do cloro nos olhos. Não sabia quanto tempo aguentaria ficar ali prendendo o fôlego, e se a sombra também aguentaria.

Será que sombras respiravam?

Pelo jeito, ele logo descobriria.

Isso tem que funcionar, pensou. Não poderia passar o resto da vida com a sombra às suas costas. Não apenas ficaria louco como teria um lembrete constante de que era um perdedor. Um fracassado.

Sempre vou vencer, e você sempre vai perder, porque nasceu para ser um fracassado.

Não, ele não podia viver daquele jeito para sempre.

Mais rápido do que esperava, sentiu os pulmões se comprimirem, então levou a mão à fivela para soltar o colete. Não conseguiria prender a respiração por mais tempo. Com sorte, já teria acabado com a sombra.

Quando Toby pressionou o botão, porém, a fivela não se soltou. Ele tentou de novo, sem sucesso.

Uma pontada de ansiedade o invadiu. Ele puxou a fivela com força, tentando arrancar o colete. Lutava contra o ímpeto de abrir a boca para respirar.

O pânico o consumia, a adrenalina inundava seu corpo. Ele deu um impulso no fundo, mas o peso do colete o impedia de nadar para cima. Tentou mais uma vez, batendo os braços e as pernas para chegar à superfície.

Depois de tantos dias sem comer direito, o garoto estava fraco demais.

Afundou de novo, ainda tentando arrancar o colete.

Ai, caramba... Alguém me ajuda! Socorro!

De repente, ouviu o som de algo se chocando na superfície. Alguém nadava em sua direção.

Toby não conseguia mais lutar. Abriu a boca e engoliu água conforme a pessoa o rebocava pelo colete e o puxava para cima. Começou a bater as pernas, tentando ajudar o resgate.

Enfim, irrompeu na superfície, cuspindo. Misturada a catarro, a água também escorria das narinas. A pessoa o ajudou a apoiar o braço na borda da piscina. Toby tossiu, inspirando o máximo possível de ar. Seus pulmões queimavam, e o corpo inteiro estremecia a cada respiração.

Ao abrir os olhos, ele viu Tabitha Bing ao seu lado, dentro d'água. A garota também se segurava na borda com um dos braços. Toby esfregou os olhos ardidos.

— Que droga que você estava fazendo? — disparou ela.

Toby afastou o cabelo dos olhos, ofegante.

— Você... não acreditaria... se eu contasse.

— Olha, acho bom ser um ótimo motivo, ou vou contar tudo para o diretor, seu idiota.

A garota tomou impulso e saiu da piscina.

A água escorria de seu uniforme encharcado de educação física. Tabitha o puxou pelo colete, e Toby tentou subir pela borda, lutando para sair da água. Com as roupas ensopadas e o colete, ele se sentia um peso morto.

Depois de um esforço coletivo, Toby saiu da piscina. Rolou até ficar de costas, e Tabitha se esparramou na beirada ao lado dele.

— Para alguém tão magrinho, você pesa uma tonelada.

Ela ficou de pé e o encarou de cima a baixo. A água escorria pelos braços e pernas.

— Se não me encontrar no campo de futebol na hora do almoço, vou até a diretoria contar o que aconteceu — declarou ela.

Toby tossiu.

— Isso não é da sua conta.

— Eu acabei de salvar sua vida. É da minha conta, sim. Qual vai ser, então? Vai me encontrar no almoço ou posso ter uma conversinha com o diretor?

O garoto ergueu uma das mãos, mas depois a deixou cair ao lado do corpo.

— Beleza, vai. Encontro você no campo de futebol.

— Eu não estava tentando me machucar — explicou Toby para Tabitha, mal-humorado.

Estavam sentados juntos nas arquibancadas, aproveitando a hora do almoço. O dia estava bonito, mas vez ou outra as nuvens eram sopradas pela brisa e encobriam o sol, esfriando um pouquinho o clima. Toby ainda estava com frio depois da experiência na piscina, então se encolhia dentro do moletom. O cabelo preto de Tabitha estava preso para trás, longe do rosto repleto de sardas. Ela geralmente usava maquiagem, mas o mergulho na piscina devia ter derretido tudo. Naquele momento, se ocupava em devorar um sanduíche com cheiro de manteiga de amendoim.

— Por que você estava com aquele colete pesado, então?

— Só queria ficar lá no fundo pelo máximo de tempo possível. Mas a fivela prendeu, e não consegui me soltar e nadar até a superfície sozinho.

Toby estalou as juntas dos dedos, depois acrescentou:

— Então... Valeu por ter me ajudado — agradeceu ele.

— Por ter salvado sua vida, você quer dizer? — Ela fez um gesto com a mão, como se dispensasse o comentário. — Não foi nada de mais, faço isso todo dia.

— Você nada muito bem.

— Meus pais sempre disseram que nasci para a natação. Sempre passo as férias em acampamentos com foco nesse esporte. — A garota deu de ombros. — Mas então, por que você queria passar um tempão no fundo da piscina?

Toby balançou a cabeça. Como explicar que estava tentando, sem sucesso, afogar uma sombra costurada às próprias costas? Quando entrara no vestiário para se trocar, tinha visto que a coisa ainda continuava ali. Mais intensa e assustadora do que antes.

— Toma, come um pouco do meu almoço. Você parece estar precisando — continuou a garota, entregando a ele metade do sanduíche.

Ele levou a mão à barriga.

— Valeu, mas não estou muito bem do estômago.

— É só pão com manteiga de amendoim. Tenta.

Toby aceitou e deu uma pequena mordida. A textura melequenta o incomodou, mas conseguiu engolir. Aliviado, percebeu que, pelo jeito, enfim não vomitaria.

— Por que você me seguiu? — perguntou Toby.

Tabitha abaixou a cabeça, dando de ombros.

— Você estava com cara de quem... Sei lá. Com cara de quem precisava de uma amiga.

Toby nem sabia o que dizer. Como era a cara de alguém que *precisava de uma amiga*?

— Você não acreditaria se eu contasse — disse ela.

— Hã? O quê? — indagou ele.

— Foi o que você falou na piscina, "Você não acreditaria se eu contasse". O que quis dizer com isso?

Toby não sabia bem o motivo, mas sua vontade era jogar tudo para o alto e contar o que havia acontecido. Queria se abrir, porque lidar com aquilo sozinho o estava deixando muito estressado. Sim, Reggie enxergava a sombra, mas Toby não queria revelar a história toda a um garoto que mal conhecia. Talvez a conversa com Tab fosse a oportunidade de arrancar aquilo do peito.

Encarando sua metade do sanduíche, contou à garota toda a confusão sobre o *Esconde-esconde*. Como tinha trapaceado e quebrado a atração. Como não conseguia se livrar da sombra que se prendera a ele. Por alguma razão, sentia que Tabitha acreditaria naquela história bizarra — que não sairia correndo para espalhar o boato de que ele era louco. Era libertador enfim poder desabafar, contar aquele segredo sinistro. O garoto suspirou de alívio. Quem diria que manter algo escondido por tanto tempo seria tão exaustivo?

— Que assustador — comentou Tabitha, olhando para além dele. — Não vejo nada.

Toby assentiu.

— Eu só enxergo quando olho no espelho.

— Sério?

Ele assentiu.

— Sério. Você acredita em mim?

— Parece maluco demais para ser inventado. Sei que você acredita mesmo nisso, e já basta para mim. Cada um tem seu jeito de lidar com os próprios demônios.

Certo, então ela não acreditava na situação toda, mas Toby entendia. Nem *ele* acreditava tanto assim, e se olhava no espelho todo dia. Era um alívio poder se abrir com outra pessoa sem escutar que estava maluco.

— E você achou mesmo que poderia afogar a sombra? Como foi?

— Só estou tentando de tudo, mas não funcionou.

— Já conversou sobre isso com seu pai ou sua mãe?

— Eu moro só com meu pai. Tentei contar para ele e meu irmão, mas os dois nem pareciam entender sobre o que eu estava falando. Também não viram nada de diferente.

— Mas você contou para mim.

Toby suspirou.

— É, nem sei por quê.

Ela assentiu.

— Às vezes é mais fácil conversar com uma estranha, eu entendo. Mas... por que você trapaceou no jogo?

O garoto cutucou o pão do sanduíche.

— Você já sentiu que não é boa em nada?

— Claro. Ninguém é bom em tudo.

— Não — respondeu, encarando-a. — Parece que eu não sou bom em *nada*. Me sinto um fracasso total.

— Não, nunca me senti assim. Mas você não é um fracassado.

Os lábios dele se curvaram num sorriso sarcástico.

— Por acaso já viu como os professores me olham? Tipo o sr. Dillonhall? É como se eu fosse uma perda de tempo.

— Escuta, você é quem decide como vai encarar a vida. Não é legal ver as coisas desse jeito.

— Não é uma questão de perspectiva. Eu *sinto* que é assim. Mas não importa. Queria vencer no jogo, e achei que o único jeito seria trapaceando. Foi uma ideia bem idiota.

Ela parecia não saber o que dizer, então só pegou um espelhinho redondo na bolsa.

— Certo, vamos ver.

Toby balançou a cabeça, se afastando um pouco da garota.

— Nem pensar.

Tabitha balançou o objeto.

— Ué, por que não?

— Porque é sinistro. Sinistro *de verdade*. Você não faz ideia.

Ela o encarou.

— Eu consigo lidar com isso.

Toby a encarou de olhos arregalados.

— Nem *eu* consigo.

— Tudo bem, então não precisa me mostrar.

Ela voltou a guardar o espelho.

— E aí, o que vai fazer agora? — quis saber a garota.

Toby fixou o olhar num ponto além do campo de futebol, determinado.

— Vou derrotar essa coisa. Que outra escolha eu tenho?

Ficaram sentados ali em silêncio até ela falar:

— Me dá seu celular.

Ele a observou de canto de olho.

— Por quê?

— Me dá logo — insistiu ela, revirando os olhos.

Toby obedeceu. A garota digitou um número, e seu próprio celular tocou. Depois, digitou algo no aparelho do garoto e o devolveu.

— Salvei meu número nos seus contatos. Sei lá, caso você precise ser socorrido de novo.

Ele abriu um sorriso sincero.

— Beleza. Valeu.

Depois da escola, Toby voltou para casa. Em geral, entrava na cozinha já morrendo de fome, mas naquele dia se sentia diferente — nervoso, agitado e sem apetite. Pegou uma banana, e no mesmo instante recebeu uma mensagem de Tabitha.

Ei, eu conheço uma psicóloga ótima. Você devia falar com ela.

Nem ferrando.

Ok. Sem problema!

Toby balançou a cabeça e largou o celular, mas não conseguiu evitar o sorriso. Tabitha até que era gente boa. Tinha prestado atenção quando ele contou tudo e não o olhara de um jeito esquisito. Era legal ter uma amiga nova — não que o garoto fosse admitir aquilo em voz alta. Apesar de falar com alguns outros alunos, Toby não os considerava sequer colegas. Antes, tinha um melhor amigo chamado Manny, mas ele havia se mudado de cidade com a família durante o ensino fundamental. Desde então, Toby meio que se isolara. Talvez estivesse na hora de voltar a se abrir.

Só para se manter com energia, tentou comer a banana. Engoliu metade antes de começar a sentir ânsia de vômito. Virou a cabeça quando alguém bateu à porta da casa. Quem poderia ser?

Ao abrir, Toby deu de cara com um policial negro de uniforme alinhado, cabelo raspado e bigode. O garoto engoliu em seco. Ainda segurava a metade da banana na mão.

— Eu gostaria de falar com Toby Billings — informou o homem.

— Sou... eu.

Toby ajustou o gorro.

— Eu sou o policial Jimenez, Toby. Estou aqui por causa da invasão e do ato de vandalismo na Pizzaria e Fliperama Freddy Fazbear's. Dan Harbor contou que você trabalha lá e que estava de serviço naquela noite. Ele me passou seu endereço.

— Aham.

O policial Jimenez segurava um bloquinho de anotações e uma caneta.

— Pode me contar como foi seu turno naquela noite?

Toby olhou para a banana.

— Bom, hã, eu passei aspirador no carpete do salão de jogos e na área dos fliperamas. Dei uma limpada nos banheiros e nas mesas e ergui as cadeiras. Recolhi o lixo do chão. O de sempre.

— A que horas seu turno acabou? O sr. Harbor disse que você deve ter se esquecido de bater o cartão na saída.

Toby coçou o pescoço com a mão livre.

— Ah, sim. Eu saí às onze da noite. Devo mesmo ter me esquecido de bater o ponto.

Sim, porque fugi de lá.

O policial escreveu algo no bloco de anotações.

— Que horas viu o recinto do jogo pela última vez antes de ele ser vandalizado?

— Hum, então, logo depois que ele fechou.

Espera, eu devia ter dito isso mesmo?

— Perto das dez da noite, então?

O garoto assentiu.

— Isso. Acho que sim.

— Não havia sinais de arrombamento, Toby. Depois do fim do expediente, por acaso reparou em alguém que não devia estar ali perambulando pelo estabelecimento?

O garoto suspirou, balançando a cabeça devagar.

— Não. Ninguém. Foi o que eu disse para o Dan. Conferi os banheiros e a área de recreação onde crianças poderiam ter se escondido.

O policial Jimenez o encarou no fundo dos olhos.

— Toby, preciso que você seja completamente honesto comigo, tudo bem?

— Tá, beleza.

— Você vandalizou o jogo *Esconde-esconde*?

— O quê?

— Eu preciso perguntar. Você foi o último a ver o recinto. Estava trabalhando perto da hora do crime. Todos os outros funcionários estavam na cozinha. Você não bateu o ponto. Talvez tenha saído correndo porque destruiu o jogo. Talvez estivesse chateado com seu chefe ou outra pessoa. Já vi esse tipo de coisa acontecer. E, como você não queria se meter em apuros, fugiu. Foi isso que aconteceu?

Toby recuou um passo.

— *Não*, não fui eu.

Sim, foi, sim.

— Tudo bem — falou o policial, sério. — É isso, por enquanto. Peço que você fale com o sr. Harbor caso se lembre de mais detalhes ou queira contar alguma coisa para ele.

— Pode deixar.

O policial Jimenez acenou com a cabeça.

— Tenha um bom dia.

Toby retribuiu o gesto e fechou a porta, ainda tenso. Será que o policial tinha acreditado nele? Parecia que não. Era como se soubesse que Toby era culpado. Ele seria pego?

O garoto esfregou o rosto. Tinha muitas coisas para resolver. Estava se esforçando para se livrar da sombra, e de repente também teria que se preocupar se seria ou não pego por ter quebrado o *Esconde-esconde*.

Uma coisa de cada vez, por favor.

Voltou para a cozinha, jogou a banana pela metade no lixo e depois seguiu até a sala. Ao lado da poltrona do pai havia uma mesinha com um isqueiro e um cinzeiro. Ele pegou o primeiro e apertou o botão, mas a pequena chama não surgiu. Chacoalhou o isqueiro e tentou de novo. Dessa vez, funcionou.

Toby mordeu o lábio, encarando o fogo.

Talvez...

Soltou o botão e balançou a cabeça.

— Nem ferrando — murmurou.

Jogou o isqueiro de volta na mesinha.

— Um policial bateu aí ou foi impressão minha?

O garoto pulou de susto e se virou.

— Caramba, pai! Você me assustou. Não sabia que estava em casa. Cadê seu carro?

— Levei para a revisão. Estou de folga hoje. Por que a polícia veio até aqui? O que queriam com você?

O garoto estalou as juntas dos dedos.

— Ah, então... Alguém invadiu a pizzaria. Aí estão interrogando os funcionários que estavam de serviço naquela noite. Coisa de rotina.

— Tem certeza de que foi só isso?

Toby piscou, atônito.

— Tenho. Por que não seria?

— Você não se meteu em confusão, né?

— Não, pai.

Mas tinha, *sim*, se metido em confusão.

O homem assentiu, se acomodou na poltrona e ligou a TV.

Toby se afastou, depois se virou para encarar o pai. Queria lhe contar a verdade. Queria explicar que tinha trapaceado e destruído o jogo de tanta raiva. Que, de alguma forma, o *Esconde-esconde* havia se associado a ele e o seguido até em casa. Queria revelar tudo para que o pai pudesse ajudar, como pais deviam fazer — para que ele pudesse apoiar o filho naquele momento de dificuldade. Não só tocar a vida como se tudo estivesse normal, quando não era o caso.

Não só fingir que nunca tivera uma esposa, e que Toby e Connor nunca haviam tido uma mãe. Não só fingir que tinha filhos felizes, que nunca se xingavam ou saíam no tapa. Como se a vida se resumisse a trabalhar para pagar as contas e acompanhar os esportes na TV.

— Pai?

— Fala, Tobezinho — respondeu o homem, ainda vidrado na TV.

— Por que a mamãe foi embora?

O sujeito não desgrudou os olhos da tela, nem se abalou com a pergunta inesperada. Quando tinha sido a última vez que o pai expressara qualquer emoção, além de empolgação ou raiva ao assistir a algum jogo?

Era um homem bem tranquilo. Toby nunca o vira irritado de verdade, fora as vezes em que xingava árbitros na TV. Quando falava com os filhos, era sempre muito calmo e racional. Talvez fosse um bom sinal ter um pai que não gritava ou dava broncas.

Um minuto se passou enquanto Toby esperava uma resposta, depois mais outro. Após cinco minutos, se deu conta de que a resposta não viria. Não sabia se era porque o pai não tinha o que falar ou porque achava que o filho não conseguiria encarar a verdade.

O garoto saiu da sala e foi se preparar para o trabalho.

Toby manteve a rotina, indo para a pizzaria uma hora antes do início do turno para jogar no fliperama. Quando chegou, viu a porta do *Esconde-esconde* aberta, com uma placa que dizia EM MANUTENÇÃO.

Curioso sobre a atração, enfiou as mãos no bolso e entrou no recinto. Havia um rapaz alto e magro diante do painel de controle. Ele segurava um notebook nos braços e, ao que parecia, tentava reiniciar o sistema. Tinha cabelo loiro arrepiado e usava óculos de armação grossa.

— Opa, tudo bem? — cumprimentou Toby. — Como vão as coisas aí?

— Tudo certo — disse o sujeito. — Viu que o jogo está em manutenção, né? Por que está aqui?

Toby pigarreou.

— Eu sei. É que eu trabalho aqui. Meu expediente vai começar já, já.

O técnico pareceu relaxar um pouco.

— Bom, nesse caso... A situação não está muito boa. O *Esconde-esconde* não quer reiniciar. Diz que está processando, mas quando abre, volta para a partida anterior. Deve ser algum curto-circuito.

— É como se ele estivesse travado?

— Isso, preso no modo de jogo do último jogador... Alguém chamado, deixa eu ver... Toby.

Todo o sangue pareceu sumir do corpo do garoto, que se sentiu tonto de repente.

— Sério? Você não consegue só reiniciar o programa?

— Geralmente, sim. Mas tem alguma coisa esquisita, sacou? Não consigo destravar o sistema. Nunca vi nada assim. Deve ser uma pane. Dan não vai gostar nada disso... Ainda mais agora que descobriu que o vândalo também levou o coelho.

— Espera... Como assim?

— Bonnie, o Coelho. O personagem, sabe? O recorte preto que representava a sombra dele já era. Quem destruiu o jogo arrancou o bicho da parede e o levou de lembrança. Inacreditável, sério. Capaz de a pessoa ter colocado o recorte como decoração no próprio quarto, usando de alvo para dardos ou coisa do tipo. Ah, os jovens de hoje em dia... Sem ofensa.

— Imagina.

O técnico fechou o notebook.

— Bom, vou lá dar as más notícias para o Dan. Recomendei desde o início que ele colocasse uma câmera aqui, mas ele já tinha gastado a maior grana com essa atração. Olha, eu ficaria longe dele hoje se fosse você, garoto. Ele nem devia ter instalado esse troço aqui...

— Pois é.

— Enfim, Dan é um cara legal, que só queria melhorar o próprio negócio. Gerar um pouco de entretenimento para as famílias, proporcionar um lugar onde podem se divertir. Mas é assim que retribuem... É uma droga, né?

Quando o técnico foi embora, Toby entrou na cozinha a passos largos, sentindo o cheiro de pepperoni e queijo derretido. Foi até o banheiro dos funcionários e trancou a porta.

Apoiou as mãos nas laterais da pia, encarando o pequeno espelho na parede.

Fitou a mancha escura às suas costas, cheio de raiva e frustração. Sabia muito bem que não tinha roubado o coelho do jogo. Em vez disso, a coisa simplesmente decidira acompanhar Toby por conta própria.

E enquanto o jovem encarava a sombra, dois olhos se abriram e piscaram para ele.

Toby recuou, soltando um grito. Seu coração batia forte.

Tentou abrir a porta; como estava encarando o espelho, horrorizado, esqueceu que havia trancado a fechadura. Tirou os olhos da sombra por um segundo, abriu a maçaneta e empurrou a porta com tudo. Saiu correndo e acabou trombando com Dan.

Toby se deteve, arfando.

— Ah, Dan. Oi.

O chefe fez uma cara esquisita.

— Tudo bem aí, garoto?

Toby estalou as juntas dos dedos, tentando não tremer na frente do patrão.

— Tudo, por quê?

— Você parece nervoso.

Ele ajustou o gorro.

— Ah, não, estou ótimo. Sério.

O rosto dele queimava, porque não poderia estar mais longe de ótimo.

Dan o observou mais um pouco.

— Certo, cara. Se você diz...

E entrou no escritório.

Toby apoiou as costas na porta do banheiro. Ouviu a notificação do celular indicando a chegada de uma mensagem. Era Tabitha de novo.

Que tal consultar uma herbalista? Ela pode receitar algo para você se acalmar...

Nem pensar.

Bom, foi só uma ideia. Eu estou aqui na Freddy's. Vem me encontrar no fliperama.

Surpreso, ele guardou o celular e correu até o salão para encontrá-la. Ela espiava por cima do ombro de um garoto que jogava num dos brinquedos. Reggie estava bem ao lado dela, comendo algodão-doce rosa.

Toby se aproximou depressa, enxugando as mãos úmidas na camiseta.

— O que está fazendo aqui?

Ele já estava nervoso, e ver a garota na cena do crime só piorava as coisas.

Quando Toby contara o segredo, Tabitha não fazia parte do seu dia a dia. Não sabia quase nada sobre ele ou sobre a pizzaria, mas de repente aqueles mundos distintos estavam colidindo de um modo que parecia esquisito e desconfortável.

A garota sorriu ao analisar a área do fliperama.

— É bem legal aqui. Eu nunca tinha vindo. Meus pais não curtem muito lugares assim.

— É uma pizzaria para toda a família.

Ela deu de ombros.

— Eles são veganos.

Depois olhou para Toby, o sorriso sumindo.

— Ei, tudo bem com você? — quis saber Tab.

— Sim, estou de boa.

— Quem é a sua amiga, Toby? — perguntou Reggie, se intrometendo. — Oi, eu sou o Reggie.

Tabitha olhou de canto para o outro menino.

— Meu nome é Tabitha.

Reggie olhou para Toby e franziu as sobrancelhas algumas vezes num gesto irritante.

— Você vem sempre aqui? — perguntou o menino.

— Não, é a primeira vez.

Toby o olhou de cara feia. Claro que o outro sabia que Tabitha não era uma cliente assídua. Qual era o problema dele? Toby segurou a amiga pelo cotovelo e a puxou para longe. Por cima do ombro, viu Reggie apontar várias vezes na sua direção, depois para as próprias costas. Em seguida, o garoto fez um gesto que indicava algo imenso, abrindo uma careta assustadora. Por fim, muito devagar, moveu os lábios para formar as palavras "sombra" e "maior".

Revirando os olhos, Toby se virou para Tabitha.

— O que você está fazendo aqui?

— Queria ver a tal atração.

O jovem balançou a cabeça.

— Nem pensar. Não dá. O *Esconde-esconde* está em manutenção, ninguém pode entrar lá.

— Posso pelo menos ver a parte de fora? Por favor, estou curiosa.

Ele suspirou. Não achava uma boa ideia, mas sentia que, se não a deixasse ver o jogo, Tabitha continuaria enchendo o saco até conseguir o que queria.

— Está bem, mas depois é melhor você ir embora.

— Beleza.

— Escuta, eu confiei em você. Não faça eu me arrepender, por favor.

— Não vou, prometo.

Ela cruzou os dedos e deu um beijinho neles.

Toby a levou até a porta do *Esconde-esconde*. Cruzou os braços, e a garota analisou o logotipo com o coelho.

— Parece tão inocente, mas sei que é algo sombrio e assustador para você — comentou ela, e olhou para Toby. — Como está se sentindo?

— Como se a sombra não saísse de perto e eu nunca mais fosse me livrar dela.

Ele alternou o peso de perna, desconfortável. Por que continuava contando aquele tipo de coisa para ela?

— Você vai superar isso, Toby. Estou listando algumas ideias, como as que mandei por mensagem de texto. Vou te ajudar a descobrir como resolver isso. Vamos tirar você desse buraco.

Toby a encarou, sem saber o que dizer além de "por quê?". Por que a garota estava tão disposta a ajudar? Por que estava ao menos preocupada? O próprio Toby não sabia muito bem se queria a ajuda dela. Não sabia se conseguia confiar tanto em alguém daquele jeito. Fazia tanto tempo que não confiava em alguém... Tinha aprendido que se decepcionar com as pessoas era a pior das sensações.

Ajeitou o gorro e suspirou.

— Me diz o que fazer, então.

Toby estava fugindo de algo. Ou de alguém. Estava num parque, à noite. A luz pálida da lua cheia banhava o caminho. Estrelas cintilavam lá em cima. Árvores e moitas assomavam os arredores de um parquinho infantil. O coração do garoto batia a mil por hora. A respiração saía pela boca num ritmo que ele tinha certeza de que não manteria por muito tempo. Toby se escondeu atrás de uma árvore, tentando recuperar o fôlego. Algo escuro e rápido passou em disparada por ali — tão veloz que o cabelo do garoto se moveu como se soprado pelo vento.

— Caramba… — sussurrou ele.

Era a sombra, mas de alguma forma ela se movia mais depressa do que os olhos de Toby eram capazes de acompanhar. Como escaparia de algo tão rápido?

Ele saiu correndo para longe da árvore, passando a toda velocidade por um mercado e uma escola. As ruas estavam vazias, sem carros e pessoas. O rapaz avistou uma delegacia logo à frente. Precisava chegar até ali e pedir ajuda.

Empurrou as portas e entrou com tudo.

— Socorro, alguém me ajuda! Por favor, por favor! Estão me perseguindo!

Quando olhou ao redor, porém, não havia policiais à vista.

— Olá? Cadê todo mundo? Preciso de ajuda!

Mas o lugar estava deserto, como se todo mundo tivesse ido embora ao mesmo tempo.

Toby virou a cabeça para espiar a porta. Sentia a escuridão se aproximando. Não tinha certeza de como, mas sabia que ela estava cada vez mais próxima.

Olhou de um lado para o outro, a ansiedade fazendo o corpo latejar. Avistou uma mesa vazia e mergulhou embaixo dela, se agachando e dobrando os joelhos rente ao queixo. Escutou as portas da delegacia sendo escancaradas. Assustado com o som, fechou os olhos com força.

Por favor, não me encontre. Por favor, não me encontre.

A sombra passou com tudo pela mesa. Toby ouviu o ruído das grades da cela. Ao ver que o recinto estava vazio, a escuridão rugiu com o som de um milhão de feras furiosas. Monstruosas. Aterrorizantes. O garoto mordeu o lábio para não gritar. Seu corpo inteiro tremia.

A sombra passou de novo pela mesa, e Toby ficou ali sentado por um instante, querendo se distanciar dela. Deslizou a língua pelos lábios secos.

Acho que foi embora.

Devagar, saiu do esconderijo; porém, quando se levantou, ficou paralisado de horror.

A sombra se avultou diante dele, a escuridão estalando energicamente. Semicerrou os olhos e encarou Toby.

O garoto recuou um passo, mas a sombra o acompanhou.

— Fica longe de mim! — gritou ele.

Mas a criatura continuou a se aproximar. Quanto mais avançava, maior ficava, até se elevar acima de Toby como uma montanha de escuridão inclemente. O poder da sombra havia criado um vórtice de energia que varria o cômodo. O cabelo de Toby se agitou, as roupas grudaram na pele dele.

Ele tentou proteger a cabeça quando a sombra desceu com tudo, engolindo e cercando seu corpo. Raiva, desespero e medo pareciam preencher o garoto. Toby agitou os punhos, assustado e furioso. Estava disposto a lutar, mas seus socos atingiram apenas o ar.

A sombra o devorou, entrando por seus olhos e narinas. Toby berrou, engolindo a escuridão.

Acordou gritando:

— Não!

Pulou da cama e desabou no chão. A escuridão o cercava. Toby saltou adiante, o corpo inteiro tremendo. Bateu contra a parede fria, e só então percebeu que estava em casa, no próprio quarto. Nada daquilo tinha acontecido de verdade. Era só um pesadelo. Mas parecia *muito* real.

Tinha sido um dos piores sonhos da sua vida.

Seus olhos ardiam, e ele começou a chorar a ponto de soluçar. Porque, se aprendera algo com o pesadelo, era que a sombra era muito mais forte do que ele — e queria vencê-lo a todo custo.

O garoto limpou o nariz escorrendo e uivou de frustração. Odiava tudo aquilo. Odiava a sombra. Queria que ela fosse embora. Curvou as mãos em garras e as levou às costas.

— Me larga!

Tentou arranhar a pele com toda a sua força.

— Me deixa em paz!

Tirou a camiseta, fincando as unhas nas costas como se quisesse arrancar a sombra. Deu tapas e arranhões, se machucando no processo.

— Dá o fora daqui!

Sentia os cortes ardendo, o sangue escorrendo.

— Só me deixa em paz! — berrou.

Depois gritou mais um pouco, se encolhendo em posição fetal no chão.

Mas sabia que a sombra ainda estava ali. Ela não iria embora.

Toby a sentia como se fosse parte dele.

— Ei, Tobezinho, o que está rolando com você esses dias? — perguntou Connor ao ver o irmão entrar na cozinha.

O mais velho estava sentado diante da bancada, comendo dois sanduíches de café da manhã. Encarava Toby de olhos arregalados, como se nunca o tivesse visto.

— Ainda está doente? — prosseguiu. — Talvez seja uma boa pedir para o papai levar você ao médico ou algo assim.

— Só me deixa em paz, Connor.

O irmão nunca saberia lidar com aquele problema.

— Estou falando sério, Tobezinho. Você precisa de ajuda. Até eu vejo que tem algo errado. Caramba, você tem se arrastado pela casa feito um zumbi. Mal está comendo, e não parece tão reclamão quanto de costume. Isso é esquisito, e você já é esquisito por natureza. Ou seja, você anda mais esquisito do que o normal.

— Cala a boca. — Toby fez uma careta, balançando a cabeça. — Não precisa fingir que se preocupa comigo.

De repente, Connor largou o sanduíche.

— O quê? Como assim? É lógico que eu me preocupo com você.

— Ah, conta outra. Você só se preocupa com seu próprio umbigo, e como acha que é melhor em tudo.

— Não é bem assim E só porque sou bom nas coisas, num monte de coisa, você não precisa ficar todo cheio de frescura desse jeito.

Toby soltou um riso debochado e retrucou:

— Não tem um dia em que você não me diga que é o melhor em tudo, e que eu sou um zero à esquerda, um completo fracassado.

Pelo jeito, Connor não tinha muito o que acrescentar, então apenas respondeu:

— Bom, então... Eu sou quase o melhor em tudo mesmo.

Toby arregalou os olhos.

— *Não é, não, Connor.* Não é o melhor, nem eu. Você só acha que é porque, por alguma razão, tanto você quanto o papai acham que, uau, você é o cara mais incrível do mundo. Mas está mais para uau, o cara mais patético do universo.

Connor revirou os olhos.

— Isso tem a ver com o papai, né? Você tem inveja.

Toby recuou um passo.

— O quê?

— Está com inveja porque eu passo um tempão assistindo a vários jogos e programas esportivos com nosso pai. Mas ele sempre convida você para ver junto. Por que não passa um tempo com a gente em vez de ficar enfurnado no quarto?

Toby engoliu em seco.

— Olha, Connor, você nem sabe do que está falando, então fica quieto.

— Enfim, Tobezinho. Você sabe que é verdade. Mas não vou ficar aqui discutindo enquanto você está aí, com essa cara de quem vai desmaiar a qualquer segundo.

— Tem noção de como parece idiota quando fala que é o melhor em tudo? Com certeza tem alguém melhor por aí. Você sabe, não é?

Connor deu de ombros.

— Não importa, Tobezinho. Escuta, eu já falei, não vou...

— *Escuta... você* — interrompeu Toby, apontando para o irmão, irritado e cansado de todas as idiotices que saíam da boca dele. — Só para você saber: tem uma atração nova na Freddy's. Já comecei a jogar e *estou vencendo*.

Sim, era só uma meia-verdade. Toby ainda estava brincando de esconde-esconde com a sombra — só levara o jogo para casa com ele. O problema era que tinha quase certeza de que o coelho estava ganhando. Mas Connor não precisava saber daquela parte.

O irmão jogou o sanduíche no prato e cruzou os braços.

— Ah, olha lá a verdade enfim vindo à tona... Tem um jogo novo no fliperama, e você nem me contou, só para tentar me vencer em algo. Então deixa eu te falar uma coisa, irmãozinho: sua vitória não conta até eu ter jogado também. Porque, quando isso acontecer, vou ganhar e assumir a liderança, como sempre.

Toby sorriu enquanto uma ideia lhe ocorria.

— Beleza.

Connor viu o sorriso do irmão e fechou a cara.

— Beleza o quê?

— Beleza que você vai ganhar de mim.

Toby saiu da cozinha, seguindo pelo corredor.

— Claro que vou, irmãozinho. — Connor foi atrás. A última palavra tinha que ser sempre dele. — É um fato.

Toby entrou no banheiro. Em seguida, se virou na direção do irmão, cruzando os braços.

Connor ficou parado junto à porta.

— Qual é o nome do tal jogo?

— *Esconde-esconde.*

— Perfeito. Parece nome de joguinho de criança, então vai ser moleza. Vou passar lá na Freddy's hoje depois do trabalho e bater o recorde. Sem problemas.

— Não vai, não — informou Toby.

O irmão só o encarou.

— Por que não?

O caçula apontou o espelho com a cabeça, enfim esperando que Connor visse a verdade. Que visse a sombra terrível que não o deixava em paz. Toby tinha se tornado o melhor dos jogadores ao batalhar contra a sombra na vida real, e queria que o irmão soubesse disso.

Olhou para Connor.

— Porque eu *ainda* estou jogando e *vou ganhar* nem que seja a última coisa que eu faça. — Em seguida, apontou para o irmão. — Vou ganhar de você, cara. É só esperar para ver. Vou sair vitorioso, e você não vai passar de um fracassado! Vai ser o melhor dia da minha vida! Está ouvindo, Connor? Melhor. Dia. Da. Minha. Vida!

O irmão não olhou para o espelho. Apenas encarou Toby de olhos arregalados.

— Entendi.

Depois, balançou a cabeça e ergueu os braços, como se estivesse se rendendo.

— Quer saber de uma coisa, Tobezinho? Vai lá. Ganha de mim. Quero que isso aconteça.

Toby ficou boquiaberto.

— O quê? Como assim?

— Desisto de ser o melhor. Já não tem mais graça competir com você o tempo todo. Sério, cara, já viu seu estado nos últimos dias? Já se olhou no espelho? Está parecendo doente e exausto, e ainda assim está disputando comigo, como se isso importasse mais do que sua saúde. Essa história de competição saiu do controle e está na hora de acabar. Se para isso você precisa vencer e eu perder, então pronto.

Toby não sabia o que dizer.

— Enfim, preciso ir trabalhar — continuou Connor. — Se não estiver bem para sair, fica em casa. Vou falar para o papai que você está doente de verdade. Só descansa um pouco, cara.

Com isso, o irmão se virou e foi embora.

Toby o observou seguir pelo corredor até desaparecer, depois ouviu a porta da frente se fechar. Connor não se importava mais em ser o melhor. Depois de tantos jogos, tantas competições, tantos anos de disputa... ele tinha praticamente jogado a toalha e concedido a vitória a Toby. Atordoado, o garoto se virou para o espelho do banheiro.

Encarou o próprio reflexo, prestando atenção. Estava mais pálido do que nunca. As bochechas pareciam encovadas. Os olhos lembravam dois poços escuros. Ele enfim deixou o olhar repousar na sombra.

Arranhar e esfregar a pele tinha mesmo irritado a coisa: ela não só estava maior como também o encarava com um olhar arrepiante. De repente, algo se moveu na parte que correspondia ao rosto da escuridão — foi quando Toby notou que uma boca havia se formado ali.

Uma fileira de dentes afiados cintilaram num sorriso.

Toby arregalou os olhos, chocado, e começou a ofegar. A sombra irradiava medo e raiva; assim como no pesadelo, assomava sobre ele, um predador pronto para dar o bote.

O garoto sentiu o ímpeto de se encolher em posição fetal. A verdade era que a sombra era poderosa demais. Forte demais. E Toby sabia que estava muito cansado, muito fraco para continuar lutando.

— Por que está fazendo isso comigo? — gritou para o espelho. — Só quero que essa porcaria acabe! Chega!

Exausto, Toby apoiou os cotovelos na pia do banheiro, afundando o rosto nas mãos. Lágrimas silenciosas escorriam por suas bochechas. Por fim, aceitou que nunca se livraria da sombra, que ficaria preso a ela para sempre. Fizera de tudo para arrancar a coisa de lá. Nada parecia ferir a escuridão. Quanto mais ele se esforçava, maior, mais forte e mais aterrorizante ela ficava, e pior o garoto se sentia.

Talvez a sombra tivesse se associado a Toby com tanta facilidade justamente porque ele estava numa situação emocional péssima. Estava imerso naquela competição maluca com o irmão havia anos. As conquistas de Connor ou de qualquer pessoa não o tornavam um fracassado. A culpa era da própria competitividade e de suas crenças erradas. De fato, a inveja da relação entre o pai e o irmão o fizera se sentir excluído, como se não pertencesse sequer à própria família. Mas, sendo honesto, *ele mesmo* se afastara aos poucos dos dois, cada vez mais, só porque queria ganhar. Durante todos aqueles anos, seu desejo havia sido ser um vencedor como o irmão. Mas nada daquilo parecia importar quando comparado à tortura que a sombra o fizera passar nos últimos dias.

O garoto ergueu os olhos para fitar a sombra e resolveu seguir o exemplo do irmão.

— Tudo bem. Você venceu. Você me superou. Eu desisto. Que se dane. Não me importo mais.

No mesmo instante, Toby sentiu o peso nas costas aliviar. Surpreso, ajeitou devagar a postura diante do espelho. A sombra continuava ali, mas tinha voltado ao tamanho original, de quando ele a vira pela primeira vez no quarto. Os olhos e a boca haviam desaparecido. Tudo que o garoto sentia era um formigamento no meio das costas, como antes.

A ficha de Toby caiu de repente. Era como se um véu tivesse sido erguido, enchendo o garoto de uma lucidez súbita.

Assim como ele, a sombra queria vencer.

Quando Toby saiu do banheiro para se trocar, o celular tocou. Ele olhou para a tela antes de atender e viu que era Tabitha.

— Alô?

— E aí, como você está? Precisando que eu vá te salvar de novo? — perguntou ela.

— Não.

— Me encontra antes da aula atrás das arquibancadas. Tenho mais algumas ideias sobre a sombra.

— Não dá. Eu não vou à escola hoje.

— Por quê? O que rolou?

Toby esfregou o rosto.

— Olha, estou pronto para acabar com isso de uma vez. Já passou da hora.

— Como assim, Toby?

— Não, não esquenta com isso. Eu sei o que preciso fazer agora.

— O quê? O que você precisa fazer? Por acaso envolve algum reiki de cura? Porque essa é a próxima ideia da minha lista.

— Hã? — Toby balançou a cabeça. — Não, não é nada disso. Eu preciso ir, Tab. Caso me esqueça de te falar, você é uma boa amiga. Vejo você amanhã.

— Espera!

Ele encerrou a ligação, depois desligou o celular. Era hora de voltar à Pizzaria e Fliperama Freddy Fazbear's. Era hora de acabar a partida de *Esconde-esconde.*

Toby foi até a pizzaria cheio de frieza e determinação. Estava tomado por uma calma absoluta. Enfim sabia o que precisava fazer para botar um ponto-final naquela história. A ideia lhe ocorrera de repente. A forma como tinha trapaceado no *Esconde-esconde*, e depois como o coelho o seguira para casa e o técnico dissera que o jogo ainda estava em andamento... O programa não reiniciava porque Toby ainda precisava terminar a partida. A escuridão queria que ele declarasse a derrota porque tinha trapaceado. Tudo fazia sentido. O garoto estivera tão concentrado na sombra atrás dele que se esquecera de terminar o jogo. Não era como *Ultimate Battle Warrior*, em que a ideia era sair no tapa com os oponentes. Aquele era um jogo de estratégia.

O mais difícil que ele jogara na vida.

Ao entrar no estabelecimento, Toby avistou apenas algumas criancinhas brincando no salão e nos fliperamas — era dia de semana, afinal. Ele atravessou a área e, claro, viu Reggie de longe. Percebeu que o menino ruivo estava sempre por ali, e chegou a se perguntar se ele por acaso tinha casa.

Daquela vez, Reggie encarou um ponto atrás de Toby, como se não conseguisse tirar os olhos da sombra.

— Acho que... Bem, pelo jeito você não se livrou da sombra — comentou o garoto. — Pelo menos ela diminuiu. Cara, da última vez que vi você, ela estava imensa.

— Preciso terminar minha partida de *Esconde-esconde.*

Reggie piscou, confuso.

— Achei que o jogo tinha quebrado.

— Está travado no meio da partida, e preciso chegar até o fim.

— Foi o *Esconde-esconde* que criou essa confusão toda, então? E como você vai resolver as coisas, se ele está todo destruído?

— Vou dar um jeito.

O garoto assentiu, estendendo o punho.

— Tem todo o meu respeito, cara. Sua determinação voltou com tudo. Vai lá e faz o que tem que fazer.

Toby o cumprimentou com um soquinho e seguiu em frente.

— Ei — chamou Reggie. Toby se virou. — Me passa o número daquela menina, a Tabitha?

Toby só balançou a cabeça e foi até o jogo, parando diante da porta do *Esconde-esconde.* A placa EM MANUTENÇÃO ainda estava ali. A instalação estava trancada, então o garoto inseriu algumas fichas para adentrar o brinquedo.

Havia remendos brancos frescos na parede, onde Toby abrira alguns buracos. As lascas quebradas de madeira tinham sumido do chão. A cerquinha fora completamente derrubada. Ainda não havia recortes novos representando esconderijos; os pregos expostos continuavam ali.

Respirando fundo, Toby foi até o painel de controle e apertou o botão de ligar. Uma música instrumental começou a soar pelos alto-falantes. Depois que a inicialização terminou, ele viu seu nome no espaço do jogador mais recente.

Pegou no bolso um palito de dente mentolado e o colocou na boca. Ajustou o gorro.

"*Pronto para continuar? Ou quer desistir do jogo?*", entoou uma voz.

O dedo do garoto pairou acima do botão de desistir. Sabia que, assim que o apertasse, tudo voltaria ao normal. A sombra desapareceria, e o coelho retornaria para o *Esconde-esconde*. Toby poderia voltar a viver sua vida, no controle do próprio corpo.

E estaria livre.

Ele mordeu o lábio, uma sensação familiar se espalhando por seu corpo. Não superava o fato de que a sombra se anexara a ele. O maior trapaceiro tinha sido o coelho, que o fizera se machucar. Que o fizera acreditar que estava ficando maluco, só para poder vencer aquele jogo maldito.

A sombra queria ganhar.

E Toby tinha deixado.

Ele fechou os olhos, tremendo de raiva.

—Você achou que podia me vencer. Achou que podia trapacear também. Bem, tenho uma surpresinha para você. Não sou um fracassado. *O fracassado aqui é você.*

Abriu os olhos, apertou o botão de continuar com uma determinação furiosa e deu as costas para a parede que representava o parque. Sentiu a raiva da sombra o atingindo como uma onda.

Com o maxilar cerrado, Toby correu para trás na direção dos pregos onde a árvore deveria estar pendurada, se chocando com força contra as pontas afiadas. Sentiu a pele ser perfurada. O corpo do garoto se enrijeceu, e ele arquejou. O palito de dentes caiu da boca, e Toby sentiu a sombra recuar. A energia sombria o deixou como se nunca tivesse existido.

— Eu venci — sussurrou ele, o sangue escorrendo da boca.

Sorriu por um breve instante antes de seus olhos se fecharem suavemente.

A música instrumental começou a retumbar nos alto-falantes.

"*Bem-vindo ao* Esconde-esconde*! Insira seu nome para tentar encontrar Bonnie. Que seja dada a largada!*"

Larson estacionou o sedã marrom na entrada da fábrica abandonada. Desligou o motor e olhou ao redor. O crepúsculo turvo começava a se esconder atrás das montanhas da outra margem do lago, ameaçando engolir o restante da luz do dia. Pelos cálculos dele, estaria escuro dali a uma hora. Olhando pelo retrovisor, notou a iluminação de segurança montada em postes altos, parados como sentinelas protegendo a fábrica e a doca que se estendia lago adentro. Parte da luz devia entrar por ali, imaginava o investigador, e ele precisaria dela se não se apressasse.

— Vamos acabar logo com isso — disse Larson a si mesmo.

Depois de guardar o rádio portátil no bolso da jaqueta, pegou o saco de lixo em que carregava as provas afanadas do armário da delegacia. Só precisara de uma conversa rápida para conseguir passar pelo sargento de plantão. Não tinha como explicar por que precisava daquelas coisas, uma vez que ainda não havia se convencido de que eram mesmo necessárias. Sua intuição dizia que sim. Já a parte lógica do seu cérebro ria histericamente.

Saindo do carro com o saco de lixo na mão, Larson voltou a observar os arredores. Aguardou, aguçando a audição. A menos que uma situação fosse urgente, ele sempre gostava de tirar um minuto para analisar onde estava. Assimilar, sentir tudo.

Um minuto, porém, era muito para analisar aquele lugar. Em poucos segundos, Larson já sentira o bastante. A sensação foi tão intensa que o atingiu como uma força invisível, e ele precisou agarrar a porta aberta do sedã para não cair. Não sabia se acreditava no mal — mas, se de fato existisse, o investigador diria que residia ali, ou ao menos estava de visita.

Tombou a cabeça de lado e apurou os ouvidos por mais alguns segundos. Não escutou nada além do som dos carros passando na rua atrás do galpão e alguns corvos grasnando no topo de um barracão enferrujado, que ficava a uns três metros das paredes externas da fábrica.

Espera. Ele tinha mesmo visto um movimento? Depressa, se virou para fitar a janela suja e amarelada do barracão. Não. Nada ali.

Em silêncio, Larson fechou a porta do veículo. O espaço diante dele era grande o bastante para acomodar pelo menos mais dois carros; adiante, um espaço ainda maior se estendia.

O interior da velha fábrica estava mergulhado na penumbra, mas o investigador enxergava muito bem. Também podia escutar, e seus ouvidos lhe diziam para seguir adiante.

Da extremidade oposta da área à sua frente, sons de coisas raspando e farfalhando se misturavam a estalidos, baques e clangores. Havia alguém ali.

Larson se deteve, enrolando as alças do saco de lixo ao redor do punho. Depois de garantir que estava bem preso, sacou a arma. Estendeu a pistola diante do peito e seguiu pé ante pé.

Escutou um sussurro vindo de um ponto que parecia estar a poucos metros dali, logo à frente. Larson sentiu o corpo se retesar. Será que havia alguém tão perto que era possível ouvir seus sussurros? Por que não conseguia ver a pessoa?

Respirando fundo, o investigador endireitou a postura e avançou a passos largos até a entrada de um recinto imenso dominado por um enorme compactador de lixo azul. Lá dentro, havia uma pilha de lixo eletrônico e detritos metálicos. E, ao lado da esteira do compactador, ele viu quem procurava.

— Uma figura estranha usando manto — murmurou o homem. Sim, lá estava.

Larson olhou de um lado para o outro, tentando encontrar a fonte do sussurro, mas estava sozinho numa larga plataforma de concreto que dava a volta na fábrica.

Sozinho, exceto pela presença do estranho vulto de manto.

A figura não parecia se preocupar com a presença dele, porém. Estava, ao que parecia, separando lixo. Esvaziava um grande saco preto. O investigador viu engrenagens, dobradiças e emaranhados de fios caírem do saco. Depois, surgiu o rosto distorcido de uma raposa usando um tapa-olho. A pata solta do animal se ergueu, com um gancho no lugar da mão.

Foxy. Larson reconheceu o animatrônico da Freddy's. Estava no caminho certo.

Junto do que parecia ser outros resíduos robóticos, o Foxy quebrado escorregou pela rampa do compactador e foi engolido pela besta de metal. Quando as peças atingiram as laterais do equipamento, o estrondo fez Larson voltar a si.

— Pare! — gritou o investigador.

O vulto de manto se virou e deu um passo até Larson. O homem ergueu a arma e abriu as pernas para firmar a base.

— Não faz nada com ele — disse Jake para Andrew.

Jake não tinha mais a sensação de possuir um corpo individual, mas ainda agia como se tivesse um quando se esforçava — como naquele momento.

Com o ombro inexistente, o menino golpeou o peito igualmente inexistente de Andrew, e eles começaram a lutar pelo controle do corpo animatrônico que os continha. A estrutura sacolejou para a frente e para trás; Jake tinha certeza de que, aos olhos do policial com a arma apontada para eles, a movimentação pareceria uma dança espasmódica.

— Deixa que eu cuido dele! — gritou Andrew. — Eu consigo... deter... esse cara.

As palavras entrecortadas refletiam a energia despendida na tentativa de arrancar de Jake o controle do animatrônico. Andrew já provara que conseguia comandar a carcaça pelo menos um pouco, porque Jake não dera nem um passo até o policial.

— Mas você vai machucar o cara — lembrou Jake, dando uma pancada mais forte com o ombro imaginário.

Andrew grunhiu, ofegante.

— A gente precisa se livrar dessa coisa, ou ela vai machucar mais pessoas — argumentou.

Jake se concentrou e ergueu a mão imaginária.

— Eu sei, mas não podemos matar outra pessoa para resolver a situação.

Com a testa franzida, Jake dedicou cada grama da sua força de vontade e conseguiu vencer Andrew. A mão esquelética do animatrônico se ergueu e socou com força o botão do compactador. Em seguida, Jake abraçou Andrew com firmeza e se preparou para fazer o que precisava ser feito.

Larson se encolheu quando o compactador de lixo começou a funcionar. O estrondo repentino e a reverberação baixa o deixaram atordoado por um instante. Durante a fração de segundo em que processava a informação, tomou mais um susto.

A figura de manto se jogou na calha do compactador.

Da plataforma elevada em que estava, Larson avistou o endoesqueleto despencar no meio da pilha rodopiante e chacoalhante de metal. De imediato, as peças consumiram o vulto e tudo foi esmagado dentro do equipamento. A prensa de metal começou a puxar o monte retorcido de lixo.

O investigador disparou na direção do botão do compactador, mas a prensa foi mais rápida. Ela se movia sem parar, compactando inexoravelmente a massa de metal com um guincho alto que parecia a mistura do grito de um monstro colossal com o lamento de criaturas indefesas em seus estertores de morte. Visualmente, passava a mesma impressão. Boa parte dos resíduos consistia em pedaços de brinquedos robóticos e animatrônicos, então era fácil humanizar tudo aquilo e enxergar a bagunça como um túmulo coletivo sendo conspurcado pelo braço metálico de um monstro. Larson não teve escolha a não ser ficar ali parado, olhando enquanto o compactador destruía as peças que formavam a figura de manto e tudo que ela vinha coletando.

Assim que caíram no compactador, o campo de beisebol voltou à consciência de Jake. Ouviu a risada do pai, sentiu o gosto de amendoim... e a sensação de que estava se libertando retornou.

Mas o menino resistiu, concentrado nos destroços ao seu redor. Ele não podia abandonar Andrew!

A lembrança era tão forte, porém... Mesmo ao tentar dedicar toda sua atenção ao lixo, o rosto do pai e o sol cálido o atraíam.

— Andrew, segura minha mão! — gritou ele.

O outro garoto estendeu o braço. No mesmo instante, também começou a se desconectar do endoesqueleto.

Jake ficou tão aliviado e empolgado que deixou a memória o envolver de novo. Tanto ele quanto Andrew se afastaram do confinamento físico, como se estivessem sendo rebocados por um veleiro elegante e veloz na direção de um maravilhoso dia ensolarado no campo de beisebol... Mas só por alguns segundos.

Porque, em seguida, Andrew foi puxado para baixo. Estava sendo sugado pelas peças robóticas infectadas lá no fundo.

— Não! — berrou Jake.

Tentou se agarrar a Andrew, mas a força era intensa demais.

O menino baixou os olhos. Lá embaixo, a presença bizarra de cor e movimento lutava contra tudo no compactador, incluindo o animatrônico em que Jake e Andrew se encontravam. A mistura caótica de marrom-enlameado, amarelo-sujo e vermelho-chocante pulsava de raiva.

— Vem, Andrew! — chamou Jake.

— Estou tentando, mas não consigo! Alguma coisa me pegou! — respondeu o garoto.

Para Jake, a sensação era de que os dois estavam sendo puxados por forças opostas. De algum ponto além daquela fábrica imunda, os sentimentos bons relacionados à lembrança de Jake o arrastavam. De outro, abaixo deles, a densidade repuxava Andrew, mantendo-o ancorado. Jake achava que era a dor do outro garoto.

Foi quando se deu conta de que estava errado. Não tinha nada a ver com o menino!

— Andrew — chamou Jake. — Tem alguma outra coisa aqui com a gente.

— É ele! — berrou Andrew, aterrorizado.

Jake se concentrou na lembrança: ele comendo cachorro--quente e amendoim, fitando o olhar cálido e feliz do pai.

Larson não se moveu. Estava hipnotizado pelo compactador de lixo... e pela luz inexplicável que irrompia do equipamento. O que era aquilo?

Percebeu que ainda apontava a arma para o corpo da Aparição de Sutura, que se despedaçava à sua frente. Guardou a pistola no coldre e esfregou os olhos. Será que estava vendo coisas? Uma fraca aurora boreal parecia se erguer do lixo retorcido.

— Isso! — comemorou Jake.

Andrew estava se soltando!

De repente, do meio do lixo quase completamente compactado, surgiu a forma contorcida, ainda reconhecível, de um esqueleto chamuscado de metal. Com pele cinzenta e quase translúcida que revelava órgãos que, embora ressequidos, ainda pulsavam, a coisa humanoide parecia uma criatura saída do inferno. Membros quebrados irromperam da pele rachada, o rosto se contorceu e o torso girou, e Jake observou a criatura tomar forma.

Quando o menino viu os ossos do homem quebrarem, se dobrarem e assumirem a forma do que pareciam orelhas de coelho, gritou:

— Vem logo, Andrew!

As orelhas se ergueram de trás do crânio da criatura, que saltou na direção de Andrew. Jake estava segurando o garoto, porém, e sabia que tinha controle sobre quase toda sua essência. Ainda assim, a coisa tentava puxar o amigo.

— Não! — berrou Jake.

Voltou a se concentrar naquela lembrança boa — dessa vez, entretanto, Andrew não parecia estar sendo levado junto. Pelo contrário: Jake parecia se afastar cada vez mais do outro menino.

E não podia permitir que aquilo acontecesse — não permitiria que Andrew se machucasse de novo. Precisava ficar e lutar!

Bloqueando todas as coisas boas que já sentira na vida, Jake se ancorou de novo no animatrônico. Encarou o inimigo no compactador.

Assim que afastou a lembrança, a coisa voltou a atenção para Jake, que sentiu a criatura fincar as garras nele. A sensação era de estar sendo agarrado e puxado por uma força com a necessidade infinita de infligir dor.

Mas o garoto não cederia. Depois de reunir todas as suas forças e se alimentar do poder da lembrança, Jake se transformou num imenso taco e deu um golpe certeiro, soltando Andrew do mal que o prendia.

De repente livre, Andrew foi sugado para longe e desapareceu por completo.

Jake, no entanto, não conseguiu se desvencilhar da criatura implacável em forma de coelho. Caiu de novo no lixo fervilhante e foi engolfado pela escuridão.

O compactador de lixo se abriu, e Larson o viu tombar para cuspir a mistura de animatrônicos quebrados e partes robóticas.

De um ponto logo acima do equipamento, o que parecia ser uma brasa moribunda chiou e despencou de volta nos destroços.

— Que raios foi isso? — perguntou o homem para ninguém em especial.

Não houve resposta.

O investigador balançou a cabeça e observou os arredores. Seu olhar recaiu num vaso com duas flores vermelhas em formato de estrela-do-mar. Estava apoiado na parte de cima do compactador, ileso, fora do alcance da pressão que acabara de esmagar o resto do lixo bizarro coletado pelo vulto.

Larson cogitou descer as escadas para dar uma fuçada nos detritos de metal esmagados, mas não fazia sentido. Estando ele certo ou errado sobre o que acabara de acontecer, estava feito. Assim, apenas deu as costas e seguiu direto para o sedã.

Uma vez lá, largou no chão ao lado do veículo o saco de lixo que estava carregando. Não sabia o que fazer com aquilo. A ideia era usar as provas para se comunicar com a Aparição de Sutura, mas depois de tudo...

Ele se inclinou para dentro do carro e pegou um pequeno gravador.

— A... bom, a Aparição de Sutura parece estar morta — disse para o aparelho.

De repente, se sentiu um idiota. "Morta" não era exatamente a palavra que definia o que acabara de testemunhar, certo?

E o que acabara de testemunhar? O homem respirou fundo e voltou a falar no gravador:

— Vi um endoesqueleto animatrônico com cabeça de boneca e algum tipo de bateria. Usava sobretudo com capuz, e estava jogando coisas num compactador de lixo. No fim das contas, também se autodestruiu. Acredito que as peças no compactador vieram do Centro de Distribuição da Fazbear Entertainment, e também do local onde morreu o assassino em série Willian Afton, conhecido por usar uma fantasia de coelho.

Ele parou de gravar e pensou por um segundo. Bom, não tinha muito para onde correr, então retomou a gravação:

— Nunca acreditei em fantasmas. Mas, depois do que acabei de ver, não sei de mais nada. De onde eu estava, podia jurar que a Aparição de Sutura era uma estrutura animatrônica, e que havia uma espécie de luz sobrenatural irrompendo dela. Tipo um... fantasma. Como se o animatrônico estivesse assombrado. Talvez pelas crianças que Afton matou, ou pelo espírito do próprio Afton.

Larson parou de falar e suspirou.

Quem acreditaria naquela baboseira?

Jogando o gravador no banco do carro, virou as costas para o interior da fábrica e fitou a área que dava para o lago. O céu acima das montanhas estava tingido de um levíssimo tom de rosa.

Talvez ele devesse levar Ryan para fazer trilhas na próxima vez que tivessem um passeio de pai e filho.

Atrás do distraído Larson, o lixo compactado se moveu. Com um farfalhar baixo que o investigador não ouviu, o entulho metálico se ergueu do equipamento e começou a se organizar na forma de uma criatura ereta.

Ao assumir sua nova estrutura, foi sugando todo o lixo e as peças que ainda jaziam na fábrica. Alguns detritos, porém, eram rejeitados de imediato. A estrutura humanoide estremeceu e ejetou para longe parte de si mesma. Uma massa mutilada de endoesqueleto robótico e tecido amarrotado voou pelo ar, pousando a metros de distância. Os detritos desprezados se chocaram no concreto e ali permaneceram, imóveis.

O resto do lixo do compactador continuou a se transfigurar. A coisa era formada por pedaços de corpos animatrônicos, mas não havia lógica alguma. Eles se juntavam de forma caótica. Cabeças serviam como juntas, braços como pernas, pernas como braços. Um torso se formou a partir do quadril, do peito e da barriga de três animatrônicos diferentes, mas todos posicionados na ordem errada. Mãos se juntaram de forma aleatória à estrutura. Conectando todas as peças havia fios e engrenagens, criando um labirinto de sistema circulatório que unia dobradiças a mecanismos, parafusos a pregos, olhos a focinhos e bocas.

A cada peça que se fixava, a criatura ficava mais e mais alta, até atingir quase cinco metros de estatura. Depois, assomando sobre o investigador, a estrutura se inclinou e ergueu uma cabeça macabra de um pescoço feito de panturrilhas.

Assim como o restante da criatura, a cabeça era formada por detritos de animatrônicos — dedos dos pés e das mãos, cabos, pecinhas. De dentro delas, dois buracos pretos olhavam para o mundo com pura malevolência. E, no topo da estrutura sobrenatural, o que pareciam duas orelhas de coelho feitas de mais entulhos animatrônicos se desdobraram e se curvaram. Ambas miravam bem na direção do investigador.

1ª edição	MARÇO DE 2025
impressão	LIS GRÁFICA
papel de miolo	IVORY BULK 65 G/M²
papel de capa	CARTÃO SUPREMO ALTA ALVURA 250 G/M²
tipografia	BEMBO STD